春潮NOV+

回到分歧的路口

上京

李唐 著

中信出版集团 | 北京

图书在版编目（CIP）数据

上京 / 李唐著. -- 北京 : 中信出版社, 2023.1（2023.11 重印）
ISBN 978-7-5217-4973-1

Ⅰ. ①上… Ⅱ. ①李… Ⅲ. ①长篇小说－中国－当代
Ⅳ. ①I247.5

中国版本图书馆CIP数据核字(2022)第214558号

上京

著　　者：李　唐
出版发行：中信出版集团股份有限公司
（北京市朝阳区东三环北路 27 号嘉铭中心　邮编　100020）
承 印 者：北京盛通印刷股份有限公司

开　　本：880mm × 1230mm　1/32　　印　　张：7.5　　字　　数：180千字
版　　次：2023年1月第1版　　印　　次：2023年11月第2次印刷
书　　号：ISBN 978-7-5217-4973-1
定　　价：56.00元

服务热线：400-600-8099
投稿邮箱：author@citicpub.com

一

走过护城河的石桥，抬眼便是高耸的阜成门箭楼。梦生跟在一大队驮煤的骆驼后面，缓缓地在箭楼脚下穿行。晨雾消散，却没有一丝儿风，城楼和向两侧延绵至目光尽头的城墙都沐浴在一种散漫而失神的状态里。墙壁上的垛子逆着光，黑压压的整齐排列着，令梦生想到西山工厂里紧密咬合、运转的巨大齿轮。那是从洋人那里传来的自动化机器，据说那些金发碧眼的蛮夷正是用这些东西征服了皇帝的军队。

梦生脑子里转动着各种念头，跟在慢吞吞的驼队屁股后面，绕过灰扑扑的箭楼，朝瓮城的偏门走去。驼队显得不老实，总是会有骆驼莫名偏离队伍，或是忽然停下。骆驼五头连在一起，叫作“一把儿”，如果中间有哪头骆驼使性子，或受了惊吓，就会大大影响后面队列的行进。这么一来，数十头骆驼挡在马路当间儿，任谁也甭想过去了。拉骆驼的人大声责骂、鞭打不听话的骆驼。它的同伴们安静地停在一边，嘴里总是咀嚼着什么。它们全都毛发杂乱，脏兮兮的，但眼睛明亮、水汪汪的。

箭楼正面有四排箭窗，每排十二窗，共有四十八个窗子……梦生闲来无事，把箭窗从右到左，又从左到右数了几遍。

曾经，弓箭手潜伏在箭窗后面，居高临下，伺机而动，射向企图接近城池的敌人——矢箭如雨，铁刃嘶鸣，撕破空气，钻进敌人的铠甲和筋肉中。他神情恍惚，仿佛隐约间听到了金戈铁马的轰鸣声，直到赶骆驼的长长的一声吆喝，中断了梦生的思路。驼队继续前行，他回过神来，紧跟在后头。

不远处，护城河的两边栽种着稀疏的垂柳，野鸭扑棱着翅膀在水面上滑行。

进入瓮城，梦生紧赶两步，超过驼队。他虽不赶时间，但跟在一群骆驼后面属实难熬，光是风吹雨淋、烈日烘晒，畜生身上散发的臭味就令他受不了。他抬起头，看到壁洞上雕刻着一枝梅花。“煤”“梅”同音，据说由此入内的煤商募捐用汉白玉雕刻了这朵梅花。每回入城，梦生都会下意识地瞅一眼，方才安心。

瓮城内部豁然开朗。道路两边皆是各种商铺、驴口儿和小店，卖茶汤的、炸馄饨的、卖吊炉火烧的……他们都不使劲吆喝，似乎还没从睡梦里清醒过来，只是惯性地做着手头上的事。梦生刚刚还有些饿，可怪的是见到吃的反而不饿了。他路过这些小店，往阜成门的门楼子走去。门楼附近是好几家煤栈和缸瓦铺。煤栈的伙计无所事事地站在门口的阴影里，脸上、身子上全是煤渣和黄土，像刚从煤堆里爬出来似的，只有两只眼睛格外鲜明，让梦生想起曾在乡村的集市上见到的巡回马戏团，里面就有一个“黑种人”。他全身漆黑，像是一截烧焦的木头，头发稀而卷，只有眼睛、嘴唇和手心的颜色是浅的。很多人看着新鲜，疑心是涂抹的染料。于是马戏团的老板——一个白须老者——当场倒了一盆水，让黑人洗澡。

后来，梦生知道天下除了金发碧眼的洋人外，还有黑人。当兵时，见多识广的长官闲聊时曾说，在西洋，黑种人是最低贱的，只能作为奴隶卖给农场主。后来为这事儿，几十年前美利坚国内还打了一仗，结果是同情黑人的政府打赢了，黑种人的地位才改观了一点。

梦生路过一座破败的关帝庙，里面有三两个乞丐正弯腰挑拣还能用的破陶器——附近的陶器铺会把没用的陶器直接扔到关帝庙里。

他站在城门前，准备入城。阜成门的城楼并不算十分高大，落满灰尘，饱经沧桑。支撑的廊柱看起来摇摇欲坠，上面本应有的漆绘早已剥落，只剩下单调的灰黄色。屋檐的一角由于年久失修已经坍塌。城楼整体显得脆弱不堪，仿佛一场大火或一阵狂风就能使其彻底消失无踪。曾经用于保家卫国的城楼，如今倒比它所要守护的东西更加弱不禁风了。梦生注意到，城楼上还挂着几面低垂的五色旗。旗子下面，有几个士兵正细致地盘查进城的人，因此人群受到了阻碍，行进缓慢。

这种情况他还是头一回遇到。

前面两个赶车的不耐烦，闲聊起来。城里又出什么事了？哪个大帅的军队进城了还是怎么回事？他们都不知情况，只能一顿闲扯。还是一个教书先生模样的人给他们做出了解答：今天是新总统上台的日子。

“新总统？”其中一个车夫摘下草帽，拿在手中，“不是黎黄陂了？”

“早就不是了。”他的同伴纠正道，“现在应是冯大总统。”

“这么说冯大总统也下台了？”

他们你一言我一语，担心又会发生战事，马车被大兵拉走可就不妙了。教书先生模样的人早已走到前面去了。两个车夫战战兢兢地朝城门走，紧紧握着缰绳，像是马匹随时会不翼而飞似的。

门口的士兵喊住车夫，另有三名士兵将马车团团包围，其中一人负责搜身，另一人钻入车厢检查，还有一人只是端着枪，站住不动。片刻后，车厢里的士兵跳出来，挥了挥手，示意可以走了。车夫不敢多言，轻拍缰绳，驶入城内。

一个士兵走上前来，喝住梦生，让他开箱查验物品。梦生打开随身携带的柳条箱，配合地微微抬起双臂，任由士兵贴身检查。他打量了一下这名士兵，看起来也就十七八岁，脸上稚气未脱。

“城里出了什么事吗？”梦生随口问道。

年轻的士兵似乎根本没有听到，也不瞧梦生一眼，只是用他再熟悉不过的河间地方话说：可以走了。

梦生提起箱子，向城内走去。

沿阜成门大街一直走，经过白塔寺高大的白色塔身，走过西马市、羊市大街，就到了西四牌楼的西路口。四柱三楼的木牌楼横跨大街两侧，上书“履仁”，对面牌楼上则写着“行义”。行人、小贩、人力车从牌楼下鱼贯而行，很是热闹。街边有巡警四处奔走，指挥交通。在东路口处还有一座高耸的瞭望塔，负责维持治安兼查看火情。梦生往南拐，入丁字街。一路上，店铺、民房前都挂着五色旗。走到羊肉胡同，梦生在一家名为“吉祥”的旅店前停下脚步。他看了看旅店的幌子，又左右望望。这是一间不起眼的二层小楼，楼上窗子朝向街道，周围是一溜儿低矮的灰瓦房。是个合适的地方，梦生想。他迈步走进店内。

旅店伙计正趴在柜台上睡觉，没听见有人进入。梦生站在门口，环顾四周。店内桌椅板凳都十分陈旧，寂静无声，似乎生意冷清。除了他和那个伙计，见不到其他人。梦生往里面走，想去二楼查探一番。这时，伙计听到了动静，连忙起身招呼。

“客官是要住店？”伙计穿着齐膝的蓝布长衫，恭恭敬敬侍立一旁。

“我想去二楼看看。”

“当然，您上边儿请。”

楼梯窄而陡，踩在上面吱吱嘎嘎。伙计领他到了一间屋子。梦生刚进去，就闻到一股霉味儿。他推开窗子，街道上招幌林立，车马人声一齐涌进屋内。

“客官租铺盖吗？”

梦生瞥了一眼床上的铺盖，说：“不租。”

伙计收走铺盖，转身走了。屋里布置很是简单，床、木桌、煤油灯、藤椅、铜脸盆、夜壶，除此之外就是棚顶、地板和墙壁了。屋子里的霉味仍然挥之不散。梦生探出窗外看了看，位置正对大街。他又走出屋子，来到走廊尽头。那里有一小窗，连通旁边的院子，灰瓦屋檐挨着旅店。梦生满意地点了点头。

床单、铺盖已被收走，床上只剩一层薄薄的褥子，油亮油亮的，看不出本来颜色。他关上窗子，屋子里的光线立刻昏暗下去。或许是空间太过狭小的缘故，他总觉得自己像是被囚禁在什么地方，不过这感觉反而让他有种莫名的安心——相反，置身于无遮无拦的广阔之地却会令他无所适从、心中惶然。

折腾这一番，不觉已到了正午。梦生人困体乏，躺在依然散发着霉味的木板床上，闭上眼睛，打算睡一觉再去见社首。窗外的车马喧嚣逐渐湮没，小小的旅店房间仿佛变成了一叶小舟，漂漂荡荡，离热闹繁华的西四牌楼越来越远了。

过了不知多久，漂流停止了。他仍闭着眼，但知道自己正站在一条乡村土路上。耳边传来他童年时听过无数遍的歌谣：

> 杜李子树，结大桃，老鼠逮了个大狸猫，蠓虫子下了个天鹅蛋，到明天，官儿来验，吹行锣，打喇叭，鞍子背底个马底下，东西街，南北走，姓张的出了个李老头，从来没听过这样的蹊跷事儿，口袋驮着驴子走。

他睁开眼，土路上飘荡着炊烟，几乎让人辨不清方向。他往前走。不，不是炊烟，是雾。大雾紧锁村庄，前方的屋舍朦朦胧胧，看不真切，好像只剩下一个轮廓，好像成了画上的东西，变得又扁又平。正是薄暮时分，他低头看着自己的脚，分明穿着孩子的小虎鞋。道路似乎没有尽头，他踉踉跄跄向前，嘴里喊着爸爸妈妈。没人应答。雾气更浓了，混合着呛鼻的味道。不，不是雾，是烟。滚滚浓烟，火光冲天，却照不亮天边暮色。他一屁股坐在土堆中哭泣。火焰从四面八方朝他聚拢。除了哭，他什么也做不了。他似乎妄想用泪水扑灭熊熊烈火。

再次睁开眼，他看到的是旅店霉迹斑斑、布满蛛网的棚顶。屋子更加黑暗，只有窗户缝透出一点白色的微光。他动了动，觉出胯间一片潮湿，空气飘浮着一股子尿臊味。他妈的，梦生小声骂了一句，慢慢坐起身。

他又尿床了。

只要梦见那场大火，他必会尿床，尽管今年他虚岁已是三十。幸好箱子里有几件换洗的裤褂长衫，他打开柳条箱，在黑暗中窸窸窣窣换上干净衣物。他尽量不发出声音，像是怕被什么人听到。换好后，他把湿漉衣裤扔到床底，走出房间，反身将门扣好，下了楼梯。那个伙计正坐在门口的椅子上打瞌睡，听到响声，他睁开眼，睡眼迷蒙地朝梦生笑笑。

"客官……"声音迷迷瞪瞪的。

"我出门一趟。"梦生说，然后特意嘱咐：不必进屋收拾东西，自己一会儿就回来。伙计巴不得如此，将他送至门外，又回椅子上再续前梦了。

寒露已过，夜晚秋意渐凉。晚风吹拂，驱走他残存的睡意。他来到南路口上书"大市街"的牌楼下面，叫了一辆拉长趟儿的人力车。拉车的是个碎嘴，自顾自地问着"您上哪儿玩儿""要不我给您介绍个好玩去处"之类的话。梦生实在没话，就说：

"我有急事，给你加两毛钱。""瞧好儿吧您哪。"拉洋车的说罢不再言语，加快脚步。

梦生坐在摇摇晃晃的车厢里，看着道路两边流动的万家灯火。此时，街上到处是看戏和吃饭归来的人，在街边揖手道别。还有一些晚归的学生和工人，在胡同口寻觅吃食，来上一晚热气腾腾的馄饨或羊肉杂面。

拉洋车的道路门儿清，沿着皇城根往南，在胡同里七拐八拐，就到了天安门。继续往东六七里，便是齐化门[1]。城门还未关，梦生付了钱，匆匆出城而去。

比起虽杂乱无章但生气盎然的阜成门，齐化门的关厢处要寂寥得多。冰冷的铁轨横穿过曾经的瓮城——那是竣工没几年的环城铁路的一部分，而城墙已被拆得七零八落，如今只剩下几处断壁残垣，和一座孤零零的关帝庙，正对着新修建却显出早衰气象的火车站。出了城门，有几株高大的树木，树冠遮天蔽日，内藏数人不成问题，风一过便哗哗作响，倒是夏日避暑的好去处。走过护城河的石桥，前方延伸出一条大路。梦生脚下生风，穿过道路两侧平常无奇的房屋。这条路他曾来回走过无数次，连田野间的味道、蛐蛐儿的叫声都是熟悉的。此时天空中闪烁着几颗星斗，他不知道它们叫什么，但他喜欢在它们的引领下前行。

他走得很快，约二里后，眼前出现一座土丘。梦生登坡而上，丘顶还建有高台，据说是辽金时所建。高台西侧有一块一丈

---

1 齐化门：今北京朝阳门。（全书脚注如无特殊说明，均为作者注。）

高的石碑，上刻有乾隆御书“金台夕照”四个大字。梦生倚在石碑上稍作休息，目光远眺。越过郁郁葱葱的树林，尽管天上已是繁星点点，远处仍可望见一抹夕晖，仿佛永远凝固在天边。梦生还记得第一次看到此景，心中似有什么道不明的东西突然被触动。他一动不动地站在那里，等到那抹余晖渐渐沉没，夜晚彻底笼罩大地，才继续赶路。每回经过此地，他都要呆立良久。

这一段路上很少见到行人，只有经过二闸[1]附近时才偶尔可见到依稀灯火，有时走近一看则是野坟的鬼火。水流和山脉开始增多，但基本都是小溪和被蒿草和酸枣树覆盖的土山。这里的山峰蜿蜒数里，形若游龙，当地人称为“九龙山”。在其中一座山峰上有座古庙，名“观音阁”，早已被废弃，现在成了燕社成员的集会地。

燕社是京城刺客行最大的一支，最早可追溯到明朝初年。京城百业，五行八作，“刺客行”是极为特殊的。专业的刺客，须终生隐姓埋名，因此留下名字的极少。无论是明朝还是前清，明面上都不允许“刺客”这一职业的存在。不过，由于复杂的政治斗争，以及民间层出不穷的私人恩怨，有不少人都会暗地里雇用刺客刺杀仇家。豢养刺客风险极高，而雇用刺客则相对方便和安全，因此刺客行得以暗中延续。其中，燕社渐渐发展为刺客行规模最大的组织。

对于燕社的历史，梦生并不算了解，只是知道最出名的当

1　二闸：今通惠河一带。

数明朝万历年间的社首冉昂，直隶涿县人，自幼流落京城，后成为一名刺客，也是历代燕社社首中梦生唯一知晓确切姓名的。万历二十年二月，壬辰倭乱时，冉昂自愿参战朝鲜，刺杀日本军大将丰臣秀胜，夺其佩刀，自己也在乱军中被杀，年龄不详。丰臣秀胜是当时日本最高统帅——“太阁”丰臣秀吉的亲外甥。日军为了避免影响士气，便谎称秀胜病逝巨济岛。

至于二十多年后，那个震动天下的制造了“梃击悬案”的刺客张差，据说也与燕社有所瓜葛，但只是江湖传闻，并未证实，否则燕社恐怕将不复存在。也有传言说他隶属于当时另一个刺客组织。总之众说纷纭，就连当今社首也不知晓详情。

后来，经过种种变故，以燕社为首的京城刺客行渐渐远离政治，只承接民间恩怨。事实证明这种发展是正确的——刺客行社由于卷入政治纷争而被剿灭者十之八九，燕社则一直存活到现今。

观音阁的门前有一口古钟，锈迹斑斑，明亮的月光投下的影子映在砖板上。梦生抬脚跨入庙中。小小的院落内寂静无声，不见灯火。院子左右各栽有一棵古槐。梦生站在院中，侧耳倾听片刻。耳畔只有风声和不远处的瀑布回响。他慢慢往大殿走。大殿中昏暗一片，泥塑的彩绘佛像、菩萨像安静地沉浸于殿内的黑暗。

泥塑前摆着一张八仙桌，有个人正一声不响地背对着梦生站在桌旁。那人背着双手，似乎正在仔细观赏佛像，并未察觉梦生的到来。梦生站在殿门口，静静地盯着那个背影。

“怎么来得这么晚？”过了一会儿，那人说道。他并不转身，仍旧保持着刚才的姿势，而从低沉嘶哑的嗓音可以听出是名老者。

“睡过头了。”梦生解释道。事实上，他故意绕了远路从齐化门走，如果自东便门出可以节省许多路途。不过，他很想看看金台上的夕光，因此宁愿绕路多耽搁些时辰。

老者缓缓转过身。他穿着黑色夹袄，戴瓜皮小帽，脸上布满褶子和碎胡茬，个头不高，与大街上晒太阳、遛鸟的普通老人没有丝毫分别。梦生当然知道眼前人的身份，但是却至今不知道他的真实姓名。一般的刺客（包括梦生自己）会管他叫社首，但梦生也听过其他人的另外称呼。比如那个给每个刺客画像的赵瞎子，就称他为“老爷子”或“四爷”，不知是从哪儿论起；也曾有口外来的江湖人士称为“总把子”……梦生知道，这是历代社首的一贯做法，他们往往隐匿在人群中，表面上有着与刺客毫无关联的身份，对于社首的真实情况，一般的刺客是无从得知的。

“老家情况如何？”

“不太好。”梦生眼前又浮现出洪水泛滥的村庄，曾经的屋舍、农田、枣树林、城隍庙已变为一片汪洋泽国。他坐在木舟里，奋力划动手中的船桨。方圆数十里全部被泥水吞没，水面上漂浮着死去的牛马和人浮肿的尸体。高大的树木在水中变成了一棵棵矮小的灌木丛，房顶只能勉强露出瓦檐。他整整在水面上漫游了三天，完全迷失了方向，只救下了一只困守在房顶的猫。两天后，猫由于体内长满了寄生虫而亡。

“全没了。”梦生强迫自己终止回忆那些场景。三个月前，直隶、天津大水，他萌生了回乡看看的念头，没承想到了儿根本没找到村庄的位置。

只要村庄和城池还建立在人的土地上，就难免会遭受各种劫难。社首和梦生来到院中，望向西边京城的方向。此时，那里漆黑一片。社首告诉梦生，就像眼前这座京城，从燕国的蓟到被秦始皇废弃；从汉朝建幽州，之后被契丹人拆毁重建；金人在此建立中都，又被蒙古人摧毁，另建大都……北京就这样从无到有，从有到无，而如今又逢乱世，谁知道日后将会如何呢？

梦生点了点头。他不禁想到自己，十岁失去了父母，流落他乡，直到社首收留才安定下来。对他而言，社首就是他的第二个父亲，这个世界上最亲近的人。可是，自己却连他的姓名、年龄都不知道，对于他的性格更是捉摸不透。

不知为何，今晚社首的语气中多了一丝不多见的哀愁，令梦生很是不安。他打断社首的话，问：“我的‘驴把子’在哪儿呢？”

刺客行里有春典，驴把子指的是洋枪。

社首回到大殿，片刻工夫又出来，手里多了一件长包袱，步枪就裹在里面——刺客行的规矩，为了避免不必要的麻烦，平日里武器要寄存在社首处。

“今天入城好像严格了许多。”梦生接过包袱，忽然想起，“发生什么事了吗？”

“没什么大事。”社首笑着摆摆手，“徐世昌和冯国璋今日举行总统交接典礼，估计是怕出乱子才仔细盘查。毕竟自打宣统退位，凡是大总统换位，一个个的不是你打我就是我打你，今儿个忽然和平了，京城里反倒人心惶惶。”

言毕，社首转而说道：“这次的‘科点儿’有些特殊，我来和你说一说。”

按照规矩，所有的科点儿——也就是刺杀目标的基本情况，全都由社首交代给下面的刺客，刺客与雇主不能直接见面。

不觉间已到四更天。梦生正准备告辞，社首笑着说：“不急，你刚刚回来，不如休息几日再走不迟。正好再过两天就是重阳节，你我二人游山玩水一番岂不美哉？所谓‘枫林一望雨来殷，秋后风光为解颜。重九登高先定约，飞觞最好九龙山’，重阳登高九龙山是最合适不过的。”

梦生想，社首最近一段时间确实反常，不仅说话转文嚼字，而且愈发有种“今朝有酒今朝醉”的颓废之状，与早些年大大不同。他不知道究竟发生了什么，也不好妄自揣度，只能自我安慰是社首年纪大了，人上了岁数感到寂寞也是常事。可梦生内心的不安终究更加强烈——他总有种预感，似乎有什么大事将要发生。这种不安勾起了他许多不好的回忆，于是借口还要拜访故人，只捎带了一床铺盖，匆匆告别。

心里想着事情，脚步就更快了。茂盛的芦苇在月光的映照下显得苍苍茫茫，仿若烟波浩渺。秋虫卖力地鸣唱。梦生肩背铺盖，内里藏着驴把儿，穿行林草间，裤脚被霜露打湿。一抬眼，已到了城墙脚下。夜幕中的墙壁看起来要比白天高大和威严。梦生找到一处熟悉的马道，登上城墙。果然，交接典礼一过，城防又开始松懈下来，他能清楚地听到值房里巡城官兵的鼾声。

入了城，梦生慢下脚步。大街上空荡无人，仿佛一座空城，只偶尔有拉晚儿的洋车夫拖着一辆人力车，鬼魅般闪现在路灯下，又隐没于夜色中。遇到挎着东洋刀巡夜的警察，梦生就远远闪开，不想招惹麻烦。他慢吞吞地朝羊肉胡同方向走，估摸着到旅店应该天已大亮。不过他并不着急，也不困倦——他喜欢这样的夜游。京城的道路正南正北，只要他不故意走那些偏僻的小路，就不用担心迷失方向。

大街两侧都悬挂马灯，但是亮度有限，大部分地带都被黑暗笼罩。估摸着快到东单牌楼时，他看到一盏小灯缓缓接近。到了近前，原来是一个提灯小贩，身后背着小木柜，是卖熏鱼炸面筋的。这类小贩主营的其实是猪头肉、熏鸡蛋和火烧，秋天还兼卖熏螃蟹。梦生想到自己几乎一天都未进食，于是买了三个夹熏猪头肉的片儿火烧，边走边吃。

他沿着皇城墙，走过东西长安街，到西单牌楼往北，经过鱼市大街、甘石桥，路过砖塔胡同内的万松老人塔，回到羊肉胡同时天已蒙蒙亮。星辰隐退，只剩几颗孤星还挂在天上。旅店已经打烊，梦生打门，伙计应声，拆卸门板。或许是白天里睡足了，旅店伙计此时显得神采奕奕，将梦生让进来，嘴里念叨着：“我还以为您不回来了呢，这溜溜儿一晚上……”

屋中仍飘荡着不洁的味道。梦生打开窗子，换了被褥，躺在床上，睡意在此时袭来。伴随着悠长的鸽哨声，梦生的意识逐渐模糊。他害怕睡眠，因为梦境总是不由自主的。好在清越的鸽哨稍稍抚平了他的紧张感。

那些年，我总喜欢往山坡上跑。

当我克服了斜坡的压力来到坡顶，身子站直，眼前的景物便豁然开朗——从坡顶眺望，可以看到不远处团团簇簇的棉花地、枣树林，潺潺的溪流。然后再往东，则是我家的屋舍，我与父母就住在那里。那时，我躺在草丛中，任凭风吹低草茎，轻抚自己的皮肤。头顶的繁星闪烁不止，我可以从中看到许多事物，有时几颗星子连在一起，我就能看到父母的脸庞。

二

一辆黑色汽车缓缓驶过丁字街，尔后在牌楼下面向东行驶，扬起一阵灰尘。北京的街道素有“无风三尺土，有雨一街泥”的说法，阜成门到四牌楼一带的街道新近铺了碎石，但仍然整天价暴土扬长，只要有骆驼队或汽车经过，周围的人必吃一嘴土。京城的居民对此早已习以为常，拍拍身上的土，毫不介意。而讲究干净的时髦太太、小姐们则在脸上蒙上一层薄薄的纱布，用以隔绝尘土。街道上行人、人力车、独轮车和马车络绎不绝，走街串巷的小贩挑着担子，一路大声吆喝着。街旁的店铺一家紧挨一家，挂着令人眼花缭乱的招牌和幌子。秋天的天空湛蓝而高远，不时有鸽群飞过。榆树和槐树的树叶已经泛黄、干瘪，零散着往下飘，落在胡同口晒太阳的老人和睡在墙根儿的乞丐身上，有时等到起身才发觉落叶已积满一身。卖茶汤的小贩熟练地用小拇指快速摘去飘入碗中的叶子，然后撒上红糖，端给客人。

在这条古老的大街上，汽车并不多见，不过也不算什么新鲜玩意儿。看到汽车驶来，穿着黑色制服的巡警远远儿地就开始用警棍轰人，腾出道路。自从汽车开始在京城普及，近来汽车轧死人的事件屡屡发生，巡警们都提高了警惕。直到去年，京师警察厅才发布通告，规定了汽车的限速，可是在很多情况下等同于一纸空文。

根据跟梢儿探来的情报，这辆车牌号242的福特汽车上午九点钟或下午四五点时，会从东交民巷日本使署出发，大约五十分钟后到达口袋胡同（砖塔胡同以南），然后停车下人，车主人进入一座宅院，汽车司机则把车停入附近的车库。之后，车主人时常会徒步去往不远的西安市场，在里面的茶馆和酒馆里泡上几个钟头，再返回口袋胡同，其余的时候便闭门不出。两三天后，汽车从胡同口驶出，回到东交民巷的日本使署区，再过两三日，汽车再次出现在口袋胡同，如此周而复始。

车主是个日本人，名叫山内丰成，身份为日本土佐商会的代表。据社首掌握的情报，这个山内丰成是日本的“华族”，祖先是江户时代四国岛上最大的领主山内一丰，江户幕府建立后，山内家族分封在四国岛的土佐，因此称为“土佐藩”。幕末时期，土佐藩领主山内容堂促成了幕府的“大政奉还”，结束日本七百多年的幕府统治，世人所谓“萨长土肥”四强藩，其中的“土”指的就是土佐藩。

这些东洋历史梦生自然不甚了解，他只是从社首口中得知，山内丰成是土佐藩的分支，在土佐境内拥有一小块领地，明治维新后山内丰成的家族加入了土佐商会。而他正是梦生此次的科点儿——刺杀目标。

“我要杀的是个日本贵族？”梦生接到任务后，曾特意探问过社首。这次的科点儿在梦生的经历中属于特殊，他不确定此人死后是否会造成政治纷争，从而给燕社带来麻烦。究竟是谁要杀掉他？出于何种目的？商业纠纷？爱国情怀？这里有无数种可能，然而梦生不能问。他只是在言语中暗示社首，这次的任务是否偏离了燕社不涉政治的宗旨？社首闪烁其词，并未正面回答。梦生没有再问下去。燕社社规森严，普通刺客绝不准打探任何关于雇主的问题，如果不是他与社首私交甚好，他早就应该受到惩戒了。

虽然明面上不好多问，可梦生还是忍不住私下揣度。他加入燕社多年，对于社里的情况也有些许了解。不可否认的是，被社首收留的这几年，是他被迫离开家乡后度过的最安稳的日子，他早已将自己与燕社的命运连为一体。他知道，社首内心深处一直埋藏着忧虑，并且由于年纪渐长而呈现得更为忧心忡忡。现今天下大乱，军阀混战，列强盘踞，南方革命党也对夺取政权虎视眈眈。燕社一直奉行的中立政策受到诸多挑战，甚至“中立”本身成了最大的凶险：一把利刃，却不为任何势力所用，那么也就意味着随时都有被对手利用的可能性，与其如此不如早日铲除，以绝后患。这非常简单的道理，就连对政治一窍不通的梦生也能够理解。他时常为燕社的前途担忧，但又十分乐观地认为社首有能力把握其中微妙的平衡。想多了这些事，梦生就觉得头痛，好在他自己有清晰的主张：无论燕社日后将去向何方，他都会紧紧跟随。想到此，他就可以把那些乱七八糟的杂念都抛到脑后了。

专注当下——这是梦生作为刺客的信则。社首也曾多次教导他，刺客脑子里装太多东西不是好事，只有头脑澄明、时刻专注才能做好一名职业刺客。“刺客之大境界，在于万物皆入眼耳，而能凝之于一瞬。”这是梦生记得最深的一句话。那“一瞬”究竟是什么？有时梦生冥冥之中觉得自己似乎触摸到了，但有时又觉得还距之万里。

他把那个蓝布包袱打开，里面包裹的是一支俗称“马金钩”的日本造步枪，由于保险杆是黄铜钩形而得名。当年在战场上，这杆枪不曾离身，仿佛成了梦生身上的重要器官。他熟练地用它干掉了五名敌军和三个土匪的脑袋，对方都是在毫无预兆的情况下就丧了命，干脆利落。梦生因此发现了自己的天赋，不过当时他还没想过日后会成为一名刺客。后来的一切都是机缘巧合。

只要这杆枪在身边，梦生心里就像是有了着落。他用布轻拭枪身，之后还要清理枪膛和机匣。京城风沙大，而马金钩最大的弊病就是易入细沙。这种制式的步枪如今在军队中已逐步淘汰，可在梦生心目中，天下没有比它更称手的武器了。

当然，如果是近距离，马金钩就失去了用处。他随身还带着一支美利坚产的左轮手枪，是赵瞎子给他的，上一回的科点儿梦生就是用这把手枪解决掉的，但他觉得毕竟没有用马金钩爽利。那天他冲进一家郊外的酒馆，朝着对方连开三枪。近距离杀人未免太粗暴了，相较而言，梦生更享受躲在暗中，观察着对方的一举一动，然后在某个合适的瞬间突然扣下扳机。子弹出膛，精准地击穿他瞄准的部位（大部分情况下是太阳穴和心脏），对方往往连声都没吭就栽倒在地。整个过程一气呵成，犹如一幅画工流畅的山水画，每个细节都鬼斧神工。梦生总是会细细品味扣动扳机的那一瞬间——那让他感觉灵魂出窍的瞬间。

这一次，他决定用马金钩解决掉那个叫山内丰成的日本人。

清理工作完成后，梦生将窗子推开半扇，把枪架在窗沿上，注视着来往的行人。山内丰成的相貌梦生只在社首给他的一份日文报纸上看到过——大约三十岁，身材瘦弱，神情严肃，望向镜头的眼神有些迷离而忧郁，长脸，没留胡子，穿着西服，一副学者打扮。相片并未给梦生留下深刻印象。

梦生在人群中搜索那个人——他相信自己能够一眼就认出对方。即使他的体貌特征未有奇特之处，但毕竟不同于京城当地居民。如果他想要去马市大街北面的西安市场，必要经过旅店窗下。

一辆辆马车、驴车驶过，一头头驮煤的骆驼悠哉地走过。到了中午，大街上变得人头攒动，梦生不得不紧紧地盯着，生怕遗漏。旅店对面是一家玻璃庄，挂出的幌子是一只花纹玻璃盘。正午时分，日头当空，阳光照在玻璃盘上明晃晃的，刺得梦生睁不开眼。肚子又饿，搞得他异常烦躁，直想开枪把那只玻璃盘击碎。算了，他想，日本人指不定正在屋里睡大觉呢，不如先去吃点东西。

梦生重新把枪裹好，放回床下，然后出了旅店。经过东牌楼，走上马市大街，再往里走不到两百米，他一眼就看见了那辆黑色汽车。

车子停在西安市场对面的汽车修理行门前。近些年随着汽车用度增加，汽车修理行也出现在京城各地。梦生记得最初经营修理行的都是洋人，服务对象也以洋人居多，鲜少与本地居民接触，而眼前这家修理行不论是外观还是雇员，全是一水儿的中式和中国人。

穿着西装的司机正倚靠在车身上，百无聊赖地望着天空抽烟。梦生走过去，问他能否借根洋火。司机上下打量梦生，从火柴盒里拿出一根火柴，递给他。

“多谢。”梦生笑着说，转身离开。

不出几步，就到了西安市场的南门。这是一条狭窄的胡同，走进去有个院子，占地六七亩。前清时，这里一度是个鹌鹑市场，当时宫里的太监喜好养鹌鹑，总会时常光顾这里，于是就慢慢地形成了一个类似天桥的市场。由于毗邻西安门，于是便被称为“西安市场”。梦生对此地自然有所耳闻，但此前从未来过。去年辫子军入京时，这里遭了一场火灾，许多店铺都被烧毁，而今又渐有复兴迹象。刚进胡同口，梦生已然能听到里面的喧嚷。

院子东西两侧全是挤挤挨挨的棚铺，有各种小吃、山货、日用品，以及剃头棚、书摊、估衣铺、果子局、南货点心铺、给孩子玩的耍货铺等等简陋的棚面，还有四五家茶馆和酒肆。院子中央，有人打把式、变戏法和拉洋片。院子四周全是人，而南北两门的通道又极其逼仄，整个儿像是个纺锤，把所有的声音都交织在一起，结果便是什么也听不清楚，全融成了一种持续不断的嗡鸣，在院子上空回旋。梦生站在院子中，被走来走去的人群不停推搡，差点撞在那个耍百丈旗的汉子身上。他说了句抱歉，但不知对方能否听见。他旁边还有个耍碗的，只见六七只瓷碗一齐被抛起，又依次摞到那人的秃头上。围观的人爆发出欢呼，耍碗的便露出傻呵呵的笑容，口中念着吉祥话，从头上拿下一只碗对着观众。有人往里面扔几枚铜板，有的人则转身离开。

梦生买了扒糕、酱肉，就着刚出炉的吊炉烧饼，算是解了饿，然后信步迈进一家叫“欣蚨来”的书茶馆。茶馆里面挺宽敞，有几张八仙桌，最里面还有个小台子。

此时台子空着，但是底下的客人还不少，叽叽喳喳彼此交谈。与别的书茶馆不同，欣蚨来的书座儿（听书的）并不全是长衫党，也有许多穿着短打工服的人，忙里偷闲来听几段书。书馆墙上贴着“莫谈国事”“衣帽自看”的标语。梦生刚找到角落里的位子坐下，就听到旁边一桌在讨论时局。

这两位看起来都已经上了些岁数，长衫、马褂、青缎小帽，桌子上还搁着烟袋，颇有些遗老的架势。他们在讨论中国是否需要皇帝的话题，音调响亮，不怕旁人听到，并且似乎还想要故意引起人们的注意。梦生平日不爱去茶馆，就是不想听到这类议论，没想到还是遇到，便动了离开的念头。

其中一人说道，中国当下乱局，就是因为没有皇帝，无人震慑天下，百姓茫然无措，如同散沙，国家怎可富强？又搬出杨度的《君宪救国论》，说“中国如不废共和，立君主，则强国无望，富国无望，立宪无望，终归于亡国而已……”袁项城虽无皇帝之德，但不代表中国就要循西洋人的制度，搞什么共和、三权分立，“那英、德、日、奥等列国不也都有自己的皇帝？你看那威廉皇帝横扫欧陆，多么威风！”云云。

另一人虽然连连点头，但也好心提醒，法、美诸国如今都是共和之国，也依然不落下风。

“长不了。”那人笑着连连摆手，“你想想看，西洋人讲究什么权力分散、互相制约，连听谁的都不知道，自己人到时都打起来了，长此以往还能不乱套？”

他们就这样一言一语胡扯着。梦生实在听得无趣，准备起身离开。就在这时，台上走来一人。梦生觉得眼熟，却想不起哪里见过。只见那人穿着说书人的长衫，却戴着白色的圆顶礼帽，手拿文明棍。人们立刻安静下来，那两位议论帝制的也息了声。就连端茶送水、卖瓜子的伙计也停下脚步，讶异地望向台前。

台上的说书先生摘下帽子，恭恭敬敬地把帽子和文明棍放在一旁，然后一拍止语，说道：“话说巫来由西南海岸，有个部落，名叫松盖芙蓉。这松盖芙蓉自从同治十三年，便归英国保护……”原来他说的不是什么《列国》《西汉》《杨家将》《三侠五义》之类的传统书目，而是在说一部叫《月球殖民地小说》的小说，作者叫荒江钓叟，梦生没听说过。书中讲的是一个叫龙孟华的人，因为杀人被迫流亡，又与妻子失散，后来在南洋偶遇一个开飞艇的日本人，二人周游世界的故事。

梦生觉得有趣，打消了走的念头。过了一会儿，台下响起窃窃私语，接着便有人喝倒彩，故意打断说书先生的话。

“什么乱七八糟，荒诞不经。”梦生近桌那两位已经气得涨红了脸，拿起烟袋就走，还有其他几人也纷纷退场。

看着台上说书人的样貌，梦生忽然记起，他不就是自己进城那天，在城门口遇到的那个教书先生模样的人吗？

说书人面不改色，说完一章后，“且听下回分解”，戴上帽子，拿起文明棍，在观众的一片倒彩声中走下台去。

梦生将几枚铜板放在桌上，连忙跟着到了门口。

“您喜欢这部书？”说书先生用文明棍撩起帘子，身子顿了下，忽然转过身，问梦生。

“啊，”梦生猝不及防，差点撞在他的后背上，“我以前没听过。”

“看今儿的阵势我在这儿是说不了了，有兴趣你可以去书摊买本《绣像小说》来看。”他们俩并排走出茶馆。

“你今天说的书很稀奇。”

“这叫‘科学小说’，我自个儿也在写一部，保不齐以后你能看到。”说书先生比梦生要高出半个头，他转过脸，对梦生笑了笑，“我叫双寒冰，敢问兄台大名？”

梦生正想搭话，突然感到人群中闪出一张他朝思暮想的面孔。他立刻浑身打了个激灵，什么也顾不得，连声说“抱歉、劳驾”，用手拨开挡路的人，追了上去。那个自称双寒冰的人看着梦生的背影，用文明棍轻触帽檐，露出微笑，“后会有期”。

从梦生面前一闪而过的面孔正是山内丰成。他穿着黑色大氅，头戴软呢帽，安静地朝西安市场南门走去，身边还跟着三个壮汉。那三个人都是短打扮，上身短褂，下身黑色灯笼裤、牛皮靴，神色警觉，最显眼的是三人腰间都系着红带子。梦生猜测他们都是“宗社党”的成员。

宗社党是由前清皇族中的强硬派人物建立的组织，宗旨是反对民国，复辟大清。成员按照皇族间的亲疏远近，腰间分别系黄带子或红带子，以示身份。宗社党势力曾一度十分强大，直到其领袖良弼被革命家彭家珍用炸弹暗杀，重伤身亡，宗社党受到重挫，濒临瓦解，但仍在暗中积蓄力量。去年七月，宗社党与张勋结盟，辫子军进京，溥仪复辟，可谓宗社党发展之顶峰。但没过几天，张勋便被段祺瑞的军队击败，逃入荷兰使馆，后又躲进天津租界。宗社党遭受了第二次重挫，骨干成员纷纷隐居或出国。

梦生不知道山内丰成与宗社党究竟有何关系，为何会有宗社余党伴之左右，但那三个人必是高手无疑。他曾听到传闻，宗社党内高手如云，善扑营出身的自不必说了，还有许多曾经的禁宫侍卫也加入其中。他们认为旗人入关后不思进取是大清灭亡的主因，因此一改八旗子弟骄奢淫逸的性子，变得勤勉精进，隐忍待发。

山内丰成与宗社党成员一行四人，出了南门，往口袋胡同去了。梦生远远地跟在后面，他知道由于良弼正是被暗杀身亡，宗社党对刺客变得非常警惕和仇视，他甚至还听说宗社党内部有针对“反刺客”的专门训练——这在京城刺客行中早已秘密流传开来。民国以降，暗杀之风盛行，许多军政要人便雇用宗社党为自己保驾护航。梦生心想，这么说来，山内丰成身边的宗社党估摸着就是保镖性质。可是跟梢儿的反馈中并无这一情况，难道是山内最近才从哪儿得知了有人要暗杀自己的消息？梦生想到这儿不禁毛骨悚然：果真如此，只能说明燕社中有人走漏了风声，这还是他头一遭遇到。

兵来将挡，水来土屯。梦生决定不再多想，先了解情况再说。他不敢大意，混在人群里，跟着他们到了口袋胡同口。胡同里人骤然变少，梦生没敢进去。他远远看着四个人都走进了胡同。

梦生回到附近的旅店，脑子里思索着新状况，也没理会伙计的问候，径自上了二楼。他一屁股坐在床上，关上房门和窗户。屋子里没点灯，浓重的阴影压迫在他的双肩。他喜欢在黑暗中想事情。遇到这种特别状况，燕社允许刺客向社首汇报，等候指示——地安门外皇城根有一城隍庙，乃顺天府宛平县所设，人称“北城隍庙”。庙内有泥质钟馗像，高数尺，腹内是空的，盛煤生火，火焰可从钟馗的七窍中钻出，十分骇人，俗称“火判”。庙后则常年设有小规模的鸽子市，赵瞎子每日混迹于此，凡是有要紧的事就可以去找他通报。

不过，梦生决定在通报前先自己去探探虚实。他从脖子上拿下那枚核桃大小的褡裢表，一动不动地在屋子里坐着，听着这犹如小小的心脏般嘀嘀嗒嗒的声响，直到时针指向了十二点钟，他才重新将褡裢表挂回脖子上。他把左轮手枪藏于袖中，迈出房门。旅店已经上板，梦生将长衫下摆塞进腰间，从走廊的窗口一跃而出，稳稳地站在下面民房的瓦垄上，然后跃下中间的夹道，来到大街上。

此时，西安市场内最晚的节目也已散场，牌楼下面挂着并不明亮的灯盏，大街上见不到行人，只有从远处胡同里传出的“硬面，饽饽——”的吆喝声，飘散在清冷的秋夜。梦生疾步而行，看四侧无人，钻进口袋胡同。

砖塔胡同与口袋胡同曾是京城有名的勾栏瓦舍，整日莺歌燕舞，出入的都是王公贵胄和豪商巨贾。庚子之后，此地逐渐没落，但仍有许多人在此置办房产，据说是很多国会议员的金屋藏娇之所。跟梢儿早已探明山内丰成所在的门牌号。梦生慢慢走着，然后在点着一只火光黯淡的灯笼的广亮大门前停下。梦生借着微暗的光辨认了门牌。就是这儿。

大门紧闭，梦生慢慢走上台阶，能听到里面隐约的人声。他走下台阶，又往回走了几步，然后翻上墙头，落入院中。院子里依然昏暗，见不到人影，但隔壁的说话声更近了些。可以听出是男女间的调笑与交谈。这时，有脚步声接近，梦生连忙隐藏在墙角的阴影里。有个男人从一道垂花门中走出，摇摇晃晃，显然已不胜酒力。他的身后跟着一名女子，二人互相搀扶，说说笑笑，直至大门前。过了一会儿，女子从大门折返，重新走进垂花门。梦生待女子脚步消失，也走近垂花门前观瞧，脚下没有发出半点声响。

垂花门连接的是前院与内宅，中间隔着一道木影壁，上面画着一幅唐寅的《竞春图》。月色朦胧，梦生从右首转入内院。

院中灯火通明，全部是电灯照明。不知是灯罩颜色不同，还是由于映照的事物有分别，梦生觉得这里的灯光五颜六色。从两侧的厢房和二层小楼中传出靡靡的丝竹之声和叉麻雀的响动，房中有女子唱秦淮小曲，曼妙的身形影影绰绰地映在通透的窗纸上，像是他小时候看过的皮影戏。

梦生有些不知所措，他从未见过如此多的电灯。脚下的影子重重叠叠，朝四面八方延伸，好像自己变成了三头六臂的怪物。置身于这耀眼电光中，梦生觉得仿若戏文里的神仙幻境，又有些不真实。一个跑厅模样的小伙子忽然从前方一间房中闪出。梦生回过神来，自知闪躲不及，便整理了衣衫，站在原地安静地等待跑厅走过来。

“先生……”跑厅手里端着铜脸盆，毛巾搭在肩头，疑惑的目光上下打量着梦生。

不等他继续盘问，梦生抢先解释说，自己跟朋友过来，却不留神与朋友走散，现在也不知道他在哪间屋中。自己是头一回来，不知如何是好。

跑厅笑了起来，说：“巧了，前两天也有位先生是这种情况，这里太大了。不知是哪位先生带您来的？”

“山内丰成。”梦生说。

“您是山内先生的朋友？”跑厅放下脸盆，挠了挠后脑勺，“不过我也不知山内先生在哪间房中。”

“既然如此，我就先告辞了。”

“先生别急。”跑厅突然拉住梦生的袖子，“您来都来了，大晚上的还能扫了您的兴不成？请跟我来。”

跑厅冲梦生诡秘一笑，朝近旁的游廊走去。梦生不知他要把自己带向何处，心中略一思索，还是跟着去了。跑厅虽然年纪轻，但身体有些佝偻，从后面看像是个小老头。黑暗中，左轮手枪无声无息地从袖中滑落，被梦生紧紧攥在手中。

游廊曲曲折折，梦生如同穿行在迷宫中。他有些后悔跟着这个跑厅了，现在一旦出了什么事，他不确定自己能否短时间内找到出口。他听说过有些大户人家的府邸本身面积不大，却会故意制造许多曲折和遮挡以及迷惑性的假山假水，若不熟悉内部构造，很容易迷失方向。跑厅带着梦生穿过了一排排房屋、阁楼，绕过五六个影壁，好几次走过看起来一模一样的水缸和盆栽，又走进两道狭窄的如意门。终于，跑厅在一间厢房前停住，把肩上的毛巾拿下来，脸上挂着谄媚的笑："就是这儿了，小的告退。"说罢毕恭毕敬地躬身离去。

房间里点着灯。梦生轻轻推了推，门开了。这是一间明亮的堂屋，屋子不大，布置得很朴素：一张八仙桌，两只圈儿椅，后面有条案，摆放着几件景泰蓝的瓷器，都整理得一尘不染。条案两端分别亮着戴有琉璃灯罩的台灯，头顶也悬挂着一盏灯泡。

梦生走过去，忍不住用手摸了摸台灯的灯泡，立刻被烫得缩回手。此前，他还没近距离接触过电灯。比起煤油灯，电灯的光更亮堂，也更均匀。盯着里面发亮的灯丝，梦生不觉间看得有些呆了。

"先生。"

梦生急忙转身，看见一名女子从里屋走出来，倚在门框上。他稍稍松了口气，用袖子遮住拿枪的手。

女子身材娇小，穿着时兴的改良旗袍，露出大半截手臂，梳着女学生式的齐耳短发，抹口红，高跟鞋——这样的打扮梦生只在广告画里见到过。她的面容由于口红的映衬显得更加白皙，甚至于有些苍白。一双明丽的眸子正盯着他看。

“没人告诉我先生来，也没准备。”见梦生不说话，女子有点慌张，“估计又是那跑厅的自作主张，好来讨赏……”

“没关系。”梦生悄悄地将手枪别于身后，不知该做什么。一时间，两人相对无言。他没想到今晚事情会如此发展。

女子忙为梦生倒茶，又问了些累不累、饿不饿之类的话。可以看出，女子是强打着精神做事，似乎很是疲惫。梦生连说“不忙，不忙”，让女子也坐下休息。

“先生是好人。”女子坐下后，第一次绽出笑容，“很对不住先生，最近我守垫子[1]，只能委屈您睡干铺[2]啦。”

女子说的话梦生一句也听不懂，但能听出女子话语中的愧疚，于是连连说：“无妨，无妨。”

梦生盘算着想离开，但怕引起怀疑；不走，又怕那个跑厅的通报给山内丰成，真是如坐针毡。女子觉察出了他的不自然，问道：“先生是不是有什么事？”

梦生告诉女子，他本来无意来此，是被朋友硬拉过来的，不承想与朋友走散。他只要借宿一宿便好，不会麻烦姑娘。

这席话说完，女子嗤嗤笑起来。梦生不知说错了什么，脸上发烧。

---

1 守垫子：指来例假。

2 睡干铺：指嫖客与妓女不行房事。

“原来是这样，怪不得打进门起，我就觉得先生与那些人不同。不知先生的朋友叫什么？”

梦生思忖，当时自己脱口而出山内丰成的名字，已经是棋走险招，毕竟他搞不清这个宅院和山内之间究竟有着怎样错综复杂的关系。如果再大张旗鼓地报出山内的名字，恐怕会招来不必要的麻烦。于是，梦生支吾了一阵，想把话题遮掩过去。好在女子只是笑笑，没有继续追问。

夜色已深，屋里的电灯依然明亮，大院里的灯光使得月亮也黯然无光。梦生不时瞥一眼女子，愈发觉得她光彩动人。隐隐的香气弥漫在堂屋里，令梦生坐立不安。不过，他也注意到女子面容透出的病态，那是发烧或得了痨病的人经常浮现于脸颊的红晕。

“天色不早了，先生要不要休息？”一段沉默之后，女子问道。她看起来真的有些累了。

“这里都称呼客人为‘先生’吗？”梦生站起身，勉强露出微笑来掩饰内心的慌乱。

“是的。”女子轻声说，“掌班说这儿不同于普通的妓馆，这里来的都是体面人。”

女子站起身，走上前拉住梦生的手，领他走到里间。梦生觉得女子的手热乎乎的，而在她触碰他的那一刻，他的身体不由自主地轻微战栗起来。他感到自己的鼻尖和嘴唇变得有些冰凉。这种感受很不好——梦生不喜欢不受控的时刻，他总是希望将所有事都牢牢地控制在自己手中，都按照自己的计划按部就班地进行下去。对这种安全感的渴望，他几乎到了上瘾的地步。但此时此刻，他似乎只能听任女子的摆布。

她拉了几下旁边的线绳，电灯就灭了。清幽的光重又从窗牖渗进来，寂静而轻柔地照在里间的木柜、铜脸盆和床头上，使梦生的心境稍安——他意识到还是这自然而熟悉的光才能安心。电灯光纵然美丽夺目，但让人紧张。

棉被中的香气更浓郁了。床铺早已铺得整齐，女子纤细的手指慢慢地为梦生褪去衣衫。这时，她摸到梦生别在腰后的手枪。

“这铁家伙还请先生自便。如果先生信得过我，也可交由我代为保管。睡觉带着它不舒服。”女子似乎已司空见惯，向梦生询问道。

梦生愣愣地点了点头。女子将手枪拿出来，放在自己的枕下。

“床已经暖好了。”女子说道，让梦生先上床，然后解开旗袍的纽扣。梦生盖着清香的被褥，盯着昏暗的天棚，耳边是一阵衣服窸窸窣窣的响动，简直如坠梦中。片刻后，女子上床，躺在梦生身侧。他可以感到从女子身上散发的热气。

“对了，”梦生想到什么，扭过头问道，“还不知道姑娘怎么称呼……”

他收住声。女子安静地躺在他身边，温润的气息轻抚在他的肩头。

她已经睡着了。

他睡得还算安稳，几乎没做梦，或者做了几个小梦也忘了。

醒来时，听见窗外有一阵阵喜鹊叫，细小的身躯在几近光秃的枝丫间蹦来蹦去。树枝摇晃着最后几枚摇摇欲坠的叶子。梦生大大地伸了一个懒腰，又嗅了嗅屋子里的香味。过了一会儿，他发觉身旁的女子不知何时不见了。他仔细回忆了一遍昨晚发生的事，核对事情的细节——这是他多年来的习惯。然后，梦生连忙起床，穿上挂在衣架上的衣服，又掀开女子的枕头——手枪原封不动地放在那儿。他拿起手枪，照样别在腰后，然后将压出了手枪形状的床单轻轻抚平。

这时，女子走了进来，手里端着一个铜脸盆。

“先生早起啦。”女子冲梦生笑着，气色看着比昨晚似乎稍好了些，“先生洗洗脸吧？”

梦生捧起一把水，泼在脸上，接过女子手中的毛巾擦了把脸，接着蘸着牙粉漱了口。过后，又喝了一杯热茶。

“姑娘怎么称呼？”

走在院子里，阳光清澈，秋高气爽。大清早，每个人都不觉地放轻了脚步，压低声音说话。没了电灯照明，这里的重重院落也像是脱去了妆饰，恢复了古朴的原貌。有几个老妈子正用大扫帚清理地面的落叶，还有五六个男仆双手托着花盆，步伐轻盈，与他俩擦肩而过。

“先生就叫我唐盼吧。”女子答道，“该怎么称呼先生？”

“孟衡。”

唐盼带着梦生穿过长长的游廊，来到大门前。

梦生实在还想说些什么，但一时找不到合适的言辞，憋了半天，只说出一句："告辞。"

唐盼点点头，没有说话。

重回口袋胡同，梦生的心里竟有些空落落的。他也不知道自己是怎么了，便来到胡同口，喝了一碗热腾腾的老豆腐，吃了猪肉包子。填饱了肚子，梦生精神抖擞地回到旅店。

这日正是重阳节。大街上到处是卖花糕的摊子，彩色小旗猎猎飞扬，还有衣衫褴褛的孩子穿行于行人中叫卖脆枣和山里红。沿街商铺在门口摆出数盆菊花，皮货店则纷纷抖晒皮衣。街道上车马喧嚣比往日更甚，许多人提壶挈榼与家人前往北海、陶然亭、白塔寺、景山和西山八大处等地登高游乐。各处饭庄、酒楼亦是座无虚席。

这里的一切热闹与梦生无关。他回到旅店的小房间，一面擦拭马金钩，一面留神窗外。他断定山内丰成今日必定出门，而自己只需守株待兔，给予致命一击。

往日里，此时应是他最享受的时刻。他喜欢隐匿，喜欢看着猎物慢慢进入自己布置的陷阱。他们浑然无觉，脑子里思考着眼前的事物，丝毫不知晓下一刻的处境。他们早一秒，或是晚一秒，全都掌握在梦生手中。他甚至会故意延迟那个最终时刻的到来，极其安静从容地观察猎物的一举一动，他们的音容相貌。他不是为了记住他们（就像有些刺客那样，每刺杀完毕，都会拿走死者身上的某件东西作为怪异的收藏品），更不是由于心存怜悯，而是他享受将某个人的命运紧紧攥在自己手中的过程。只有老天爷能决定一个人的生死，而作为刺客，梦生也僭越般地掌握了决定生死的能力。

可是今日，梦生却无法集中精神。他眼前总会不自觉地浮现唐盼的身影，还会不时闻到她那间被电灯照亮的房间里弥漫的芳香。他不得不几次闭眼，深呼吸，企图排除杂念。他口中默念社首的教导，脑中闪过从前死在他手中的人的面孔。过了一会儿，他觉得好多了，念头不再像京城大街上干燥的尘土那般飞攘。当他再一次睁开眼时，山内丰成和身边的三个宗社党人刚好从他的窗下走过。

梦生急忙将枪口对准山内的脑袋。来不及了，他心里明白，最佳的时机已经过去了。现在他仓促应战，连手指都是颤抖的。孤注一掷固然也有一击毙命的可能性，但他不想冒这个险。

山内丰成的身影已然走远。他放下枪，气喘吁吁，朝地上啐了一口。如此狼狈的情形此前还未曾有过。他气急败坏地把枪藏好，冲出房间。下楼时，正好赶上旅店伙计上楼，梦生不打算让身，差点将伙计撞下楼梯。他听到伙计在他身后嘟囔："忙里忙慌的您这是家里失火了？……"

到了大街上，梦生已看不到山内一行人的身影。他加快脚步，躲过几辆横冲直撞的人力车和马车，甩掉一个拉住他的袖子不放手的乞孩儿，终于找到了山内的背影。此时他们已经走到牌楼下面，往西而行。梦生放慢步子，跟在后面，保证他们在自己的视线范围内又不至于引起怀疑——主要得提防那三个不知底细的宗社党。

经过帝王庙，就是淤泥堆积的明沟，上面修有一座石拱桥，人称“马市桥”，早已因年久失修而布满裂缝。过了桥，道路两边的景象比往日更加繁盛。各种小吃铺子和游商都设了地摊，招揽过往的游人。不远处，白塔寺的鎏金塔刹在阳光下反射着金灿灿的光芒。

这里是京城最著名的庙会场所。正值重阳，加上登高赏游的人群，白塔寺附近的路段变得拥挤不堪。出城的和逛庙会的挤挤挨挨，几辆骡车拦在道路中央，更是加重了拥堵。一个挑担子的小贩和推独轮车的水夫发生了摩擦，两人在甬道上破口大骂，围观的人七嘴八舌地评论，同时抱怨着道路的拥堵。两个巡警一溜儿小跑过来，挥舞着手里的东洋刀，叫那两个吵架的别堵着道儿。

京城的地面儿就是这样，在白天，似乎没个安静的时候。水夫跟警察有两三句话不对付，竟开始推搡起来。围观的人更是兴奋，恨不得两个人痛快打一场，明天小报上又有的写了。

置身庙会的气氛中，梦生不禁想起母亲。自从生了他，母亲的身体便常年不好，每次去庙会玩都是父亲带着他。每一次，母亲都十分担忧，生怕他被拍花子的拐走。许多年前，河间府有一大户人家的孩子就是在庙会上被人抱走。十多年后，亲人无意中凭借胎记才在京城寻回——当年那个白白胖胖的孩子已变得骨瘦如柴，眼眶成了两个洞，双腿被折断，舌头也被人割掉。没人知道那个孩子曾经历了什么。这件事流传很广，一度导致河间境内庙会萧条。

其实梦生并不喜欢逛庙会，人太多，他眼前净是走走停停的稠密的腿，不小心就会被人撞倒。不过，他喜欢父亲在摊铺前淘换来的小玩意儿，还有那不定期到来的马戏团，以及咿咿呀呀说不出完整话的黑人。

梦生跟着山内丰成来到白塔寺的山门前。门口聚集了不少卖糖葫芦、大挂山里红和心里美萝卜的小贩。半大的孩子将山里红用绳子串到一起，像是长长的辫子，缠绕在脖子和手臂上，嘴里喊着："就这一挂来，山里红，大个儿的！"还有推着车卖花糕的老人，车子上插着几十面彩色花糕旗，也是格外惹眼。山内东瞧西看，似乎对什么都感兴趣，那三个宗社党人则不离左右地跟随着。

爱逛庙会的日本人，梦生倒是头一回见，不过天底下谁都有个癖好，谁规定日本人就不兴喜好庙会呢？梦生的眼睛死死地盯着山内，瞧着他们走进山门，也急忙跟了进去。

白塔寺内搭起的棚子鳞次栉比，前院东侧是卖绢花、礼帽、鸡毛掸子、梳头篦子等日杂用品，西侧则是一些风味小吃。山内从一个个铺子前经过，不时拿起一样东西摆弄几下，又放回去。院子中间，有卖木碗和花草的摊子，由于是重阳节，菊花犹盛，什么蜜连环、桃花扇、紫虎须、灰鹤翅……种类极繁，密密匝匝摆了数十层，如同五光十色的小山坡，整个前院都弥漫着沁人心脾的花香。人们聚集在"花山"前，赞叹不已，面色也被鲜艳的花朵映得鲜明起来。奇怪的是，山内只是在那里短暂逗留了片刻，便匆匆离去，好像很是厌弃。

除了花草，白塔寺的木碗在京城最负盛名。山内在木碗的摊位前与商贩说了几句什么，梦生听不见，但由此可知山内与商贩沟通无碍。少顷，山内拿了两只木碗，朝白塔寺的第一大殿天王殿走去。

天王殿前聚集的是卖布匹与耍货的棚子，再往里走经过意珠心境殿月台前的汉白玉石碑，旁边有唱蹦蹦戏的，几个人打了个简易的棚子，拉着老胡琴，正唱着《夜宿花亭》：“谯楼以上打三更，鸡不叫犬不咬是无有人声。我伸我的手来不见掌，抬我的头来不见星……”唱的人声泪俱下，表演得十分卖力。

山内在一旁站立良久，听得入迷。梦生假装看戏，不时朝山内那边望一眼。这是他第一次得以近距离打量山内。比起报纸上的照片，山内丰成本人要年轻许多。他的相貌清秀，皮肤白皙，不苟言笑。纤细的手指应和着戏词，起起落落在大腿上打着节拍——不知底细的人会把他看成前朝王府留学归来的贵公子。

凝视着专注于唱戏的山内丰成，梦生忽然心念一动。他想，如果就在此时此刻，用手枪解决了山内岂不一了百了？但是，山内身边那三个宗社党让他迅速打消了念头——就算得手，他也不能保证自己逃得掉。一命换一命是南方革命党干的事，他可不干。

于是，一曲唱罢，山内率先鼓掌，并且给了唱戏的两块银圆，后者千恩万谢，笑得合不拢嘴。他们继续往前走。

到了塔院的正门前，白塔显得更为高大宏伟。二十余丈高的白塔矗立在湛蓝的天空下。塔座最下方是红色方形护墙，塔座周围有 108 座铁灯龛，环绕着塔身。塔身之上的十三层相轮自下而上，层层收紧，达至三丈宽的华盖，雕有梵文的华鬘流苏倾泻而下。塔的最顶端是金光闪烁的塔刹。在京城，即使相隔数里也能望见这洁净清白的塔身和闪闪发亮的塔刹。

然而，站在塔座前，脖颈仰到极致，至多也只能看到半个华盖。

塔院里是民间艺人的地界儿。卖大力丸的举着幌子站在凳子上，敞开前胸，露出一撮胸毛，滔滔不绝，吐沫星子飞溅。人们围着他，既不买药也不散开，就等着他最后表演一把胸口碎大石。

场子里还有不少江湖老合[1]在此卖艺。山内兴致盎然，流连其间。角落里一处地摊引起了他的注意。那是个糟老头子，蜷缩在墙根底下，穿着破烂的夹袍，袖口都开了线了。酒糟鼻子，胡子拉碴，一副没酒醒的样子。他的面前摆着几个泥制的建筑，什么四合院、亭台楼阁、牌坊之类，全都做得惟妙惟肖。是个模子匠。

只要是盖房子，都得用胶泥先堆个模子，打个样儿，模子匠就是做这行手艺的。山内丰成蹲下身，仔细看着那几个建筑模子，然后与老头攀谈起来。老头原本爱搭不理，也不知山内说了些什么，他突然两眼冒光，变得殷勤起来。没过一会儿，老头喊来自己的小徒弟，将模子全放进筐里，担着离开了。然后，山内连比画带说，又跟老头说了一阵。老模子匠面露疑惑，不过还是

1　老合：旧时指江湖艺人。

连连点头。

看样子，山内将那些模子一股脑全买下了。这一圈儿下来已近正午，山内一行人出了白塔寺，在附近的饭馆吃了午饭，回到口袋胡同，进入那座门前挂着灯笼、里面却安装电灯的宅院中。

梦生也回到旅店，继续守在窗前。他有一种预感，山内今日不会再出门了。果然，直到深夜，街上再无山内的身影。

他换上干净的长衫，来到宅院门前。这次，他光明正大地走进去。

“孟先生，盼姑娘今日出条子[1]去了。”门口的跑厅对他说。

梦生只好讪讪而归。

1 出条子：指妓女外出陪嫖客饮酒。

父亲是同治年间举人，辞官后投入实业，做起了棉商。那些年，直隶棉花收益颇丰，销售到口外、山西、汉口和上海等地，甚至还远销朝鲜和南洋。当时，棉商和棉农关系紧张是为常态，但父亲为人谦和、公正，从不无故克扣利钱。他生活节俭，只娶一房太太，也从不光顾烟花柳巷。对此，一些棉农说他惧内，甚至私下议论他对男女之事不灵光。他得知了，也不恼，只是说西洋人时兴一夫一妻，没见什么不好，还受到神的祝福。父亲很会抓住商机，没几年，他盖起了新宅院，我们一家人的生活祥和安定。

虽然世道一直不太平，直隶境内的庙会却有增无减。父亲经常带着我去河间府的各处庙会游玩，还带我去过天津和京城，因此多次被母亲斥责『玩物丧志』。每当这时，父亲总是不以为意。在他看来，年幼的孩子本就应该玩的，等长大了才能有所收敛。

我还记得初秋时分，棉田里的棉花已经结出了洁白丰硕的棉桃。我爬上一处小山坡。一眼望过去，仿佛云朵落进了田地，棉田里涌动着云浪，这样的景象远比庙会更加吸引我。我喜欢闭上眼，想象着云缓缓下降在自己身边，将我团团围住。风吹过来，又吹过去。我睁开眼，云朵消散，此刻出现在我眼前的是稠密闪耀的星河。

三

之后的几日，山内都没有出现在大街上。梦生每天守着那个小小的窗口，从早到晚。因为上次的教训，梦生脑子里时刻紧绷着弦，强迫自己不要多想，只需专注当下。“当下”是什么？是他紧握着枪的手，是他为猎物进入陷阱而准备的那一刻。

他一天吃两顿饭：中午和晚上。他不出门，吩咐伙计从附近的二荤铺买了来，送进房间里。伙计乐得如此，旅店和饭馆一向有默契，可以从中得到油水。为了不被伙计打扰，梦生总是让伙计把饭菜放在门口，他自己去取。饭菜清汤寡水，梦生并不在意，都是匆匆扒拉两口，继续守在窗前。

窗外的景物总是一成不变的：正对着的玻璃庄，旁边是成衣铺、馒首铺和油盐店。如果再往北一点——梦生得将半个身子探出去才行——能看到上书“大市街”的牌楼，过往的行人总是熙熙攘攘。往南，万松老人塔的塔身被挡住了，倒是能隐约望见斜对面偌大的朗贝勒府前的古枣树和银杏树。府邸的主人毓朗曾是前清的军机大臣、步军统领，一度成为宗社党的骨干。民国后他淡出政坛，坐吃山空，变卖家产，甚至还串通古玩铺，将一些假古董拿到王府中变卖，谎称王府家什，抽取利润。梦生推测，那几名宗社党说不定平日里就被豢养在府中。

流云变幻。一成不变的风景实际上每一刻都变化万千。从梦生的窗下，每天走过的人无以计数，他们的神态、穿着和行当迥异。小贩放下肩上的担子，休息片刻，擦掉额头的汗水，继续担着担子走街串巷；人们走进一家店铺，过一会儿又从店铺里走出来，手上多了几样东西；日光照在瓦片和枝头上，又慢慢挪开；一片云挡住了太阳，窗外顿时黯淡下去，店铺幌子上的字和画看不清了，墙上贴的告示也模模糊糊的，可没人在意，因为很快大地又明亮起来；一只鸟倏忽而过，像谁眨了一下眼睛……不知不觉间，华灯初上，拿着长长的竹竿的点灯人将一盏盏煤油灯挂在路边墙上的玻璃罩中。

一天的光阴变得格外短暂。日出，日落。窗口外的景物像是走马灯般快速地在梦生眼前更迭。梦生不自觉地渐渐沉溺在一种神游的状态。有时他的心思会附着在某个从窗外走过的人身上。那时，他就仿佛成了另外一个人，长出了陌生的手、脚，变成了另外一副面孔。跟着他们的心思，去向完全不同的地方。

一个人永远不可能成为除自己以外的人——这个事实令他迷惑，又有些悲哀。每个人都有自己的"命"，都得走自己的道儿，除此之外没有别的选择。不过，在他做梦（或白日梦）的时候还是会有片刻工夫，他成了完全不同的另一个人，拥有与现在毫无关联的生活。在那些梦里，他不再是刺客，也没有经历过那些令他痛苦难熬的过往。

荒唐的念头总是令他无法自拔。梦生告诫自己，枪膛需要时刻擦拭，否则就会侵入细沙——人心也应如此。

在连续一周都没有发现山内的踪迹后，梦生感觉受到了嘲弄。他决定主动出击，以熄灭心中逐渐繁盛的杂念。对刺客而言，这杂念是能要命的。

梦生在牌楼旁的小饭馆买了几只螃蟹，用细绳捆着，去口袋胡同找唐盼。

这次进大院，他比上一次熟悉得多。虽然还是有人带着，但哪里拐弯、哪里进门，也摸了个大概其。那次回去后，他就时常回忆跑厅带他走过的路线。那些房屋、凉亭、石阶和游廊一次次在他心中浮现，渐渐的就有了蓝图。这次，他更是仔细记住沿路上的景物，在那幅图上添砖加瓦。他希望尽快把整座宅院都放进脑子里。

再次相见，两个人都很高兴。唐盼吩咐跟妈把螃蟹蒸了，取来吃螃蟹的工具——小碟、小勺、木墩和小木槌，还有姜汁和醋。

唐盼先将一只螃蟹夹在梦生的碟子里，也拣了一只到自己碟中。她低着头，轻轻一揭——热气蒸腾，黄满流油。

“先生买的螃蟹真是不错。”唐盼笑着望了梦生一眼，然后用小勺挖出蟹黄，放入口中细细品尝。

“姑娘爱吃蟹？”梦生看着唐盼享受的样子，心中也很是满足。

“我记起小时候，和老家儿还有小妹也是在这应景儿的时节，聚在一起吃螃蟹呢。”唐盼盯着手里的小勺，笑着说，“还记得父亲就着两只蟹，能喝一大壶花雕。妹妹还小，不爱剥螃蟹，说扎得手疼。父亲就给她剥，结果螃蟹的黄子就全归了那小妮子了。”

“姑娘家人现在何处？”

唐盼似乎没听见梦生的话，把勺子在手中把玩着，依然沉浸在记忆中。笑容还未从脸上消退，眼圈却红了。梦生自知触动了她的伤心事，便闭嘴不言。

“父亲原是内务府领催，因不满上头的佐领、参领平日里贪赃枉法、欺压下属，得罪了上面，反被诬革职。母亲早年间去世，为了筹办丧事，父亲曾在碓房借了笔款子。此前父亲还在职时，碓房掌柜从不催促还账，只是说有钱便还，无钱便罢。等父亲被革了职，就开始隔三岔五前来催款。父亲为人清廉，大部分花销全在我们两个女儿身上。那时节物价飞涨，朝廷的粮饷又总是拖欠，家无积蓄，父亲只好去借款还款。他在理财方面一窍不通，受人愚弄，拆东墙补西墙，结果亏空越闹越大。到最后，房产也被典当出去，我们一家没有了立锥之地。父亲气血攻心，不久就故去了。人去了，账还是要还。没法子，我把小妹送去南苑的寺观，自己来到这里。一展眼这么些年了，我总算是还完了欠款，也有了些积蓄。现在我年纪也不小了，我想着等我钱攒够了，就离开这儿，过几天安生的日子，死也瞑目了。”

唐盼将自己的身世一一道来，说到最后已泣不成声，趴在桌上啜泣起来。梦生一时不知如何是好。他也曾听闻，京城的碓房原本是为旗人舂米的作坊，多是山东人经营，随着规模越来越大，渐渐就变成了放债的地方。许多旗人借了高利钱的账，无力偿还，沦落到典当家产甚至卖儿卖女的例子比比皆是。有人干脆将碓房放债呼为“掏钱粮”。

听着姑娘的哭声，梦生站起身，先将螃蟹的碎屑扫入簸箕中，然后收拾好桌上的碗碟。这时，唐盼抬起头，用手帕擦拭眼角，说：“好端端的我说这些干吗，扫了先生的兴。”

“哪有的事！”梦生说，“要怪也该怪我买了螃蟹，勾起姑娘的心事。”

唐盼拭去残余的泪水，笑了笑，起身给梦生斟茶。

“你刚刚说，攒够了钱就离开这里？”梦生问。

“是，我平日里省吃俭用，从不跟其他姑娘攀比，就连出条子要穿的灰鼠斗篷我都不舍得买，总跟别人借的。这些年攒的钱已经有些眉目了。”

由于刚刚哭过，唐盼的嗓子有些嘶哑，不时咳嗽几声。她面容看来更加憔悴，也更显得弱不禁风。

“还是要保重身体啊。”

“不碍事。”唐盼说，“时候不早了，先生该休息了。”说完，站起身朝里屋走去。

梦生借口上茅厕，来到院子里，深深吸了一口气。月光皎洁，如盐粒铺满地面。他愣愣地望着院中的石榴树站了好一会儿，才准备返身回屋。这时，他听到角落里发出了一种奇怪的声响，像动物的喘息，又像有人在笑，但笑声格外刺耳。

“谁？”梦生循着笑声走过去，见一个小厮模样的人正蹲在屋子的窗沿下。他骨瘦嶙峋，从体形看是个八九岁的孩子，但面孔分明已近中年了。他布满褶皱的大脑袋正冲梦生咧嘴大笑，活脱脱一只畸形的猴子。

“你是谁?”梦生怒不可遏，“笑什么?”

“我笑你实在太傻，妓女的话也相信。”小厮往后退了退，目光闪烁，“她们最会编故事，叫你乖乖掏钱。她们才是‘掏钱粮’。”

“关你屁事。”梦生一脚踢过去，被小厮躲过。他跳下台阶，笑着说道：“她离不开这儿，除非……死。”说罢，转身消失在夜色中。

梦生进入屋内，说：“刚才遇到个怪人。”然后将小厮偷听的事告诉唐盼。

“那人叫大闻，负责打杂，脑子不大灵光，不用理会。”唐盼说道。

床已铺好，不多时，唐盼熄灭了电灯。

黑暗重又降临屋内。梦生熟悉这黑暗。每当他置身于此，天底下就仿佛只剩下了他一个人。他得以细细地回想自己的过往还有未来。沉寂的黑暗中，他觉得安全，因为万事万物都显得不太真实，好像是乡野间搭建的戏台。他可以像个闲散的看客，从从容容地在小凳子上坐下，听两出二黄，或开怀大笑，或洒下两滴眼泪，但怎么说都是戏里的故事。然而到了白天，一切又都喧闹而酷烈起来，他必须得回到真实的人群里。

可是此时此刻，夜色不再使他舒心，仿佛有咬人的电流在周遭流窜。暖烘烘的被窝令他心惊胆战。月光还是那么明亮，总是那么明亮——唐盼的身形在他面前晃动，遮挡了透出光亮的窗子。他呼吸着她的气息。唐盼穿着一件绸缎肚兜，温热的身子紧贴着他，好像冻坏了似的要钻进他怀里取暖。梦生无法动弹，紧张得连大气也不敢出。尔后，他竟开始轻轻发抖——年轻女子躺在自己怀里，在梦生来说还是头一遭。

他不愿承认自己是个雏儿，觉得羞耻。行伍时，一些兵丁曾鼓动他去下处找乐子，他总是借故推托，因此被安上了“冰筒”的外号，即不解风情之意。其实，他是因为惧怕。瞧着那些涂脂抹粉、卖弄风情的女人，梦生没来由地害怕。他甚至不敢看她们，似乎她们一眼就能将他看穿，能看出连他也不曾了解的自身的隐秘与软弱。

现在，他完全受着她的摆布。这种感觉既使他欢悦，又让他有种自暴自弃似的沮丧。假如此时她忽然抽出枕头下的手枪(就像上次一样，她把手枪枕在头下)，顶住他的脑门，他一定全无办法。他只能眼睁睁地看着自己死去。但手枪随即化为柔美的四肢，缠绕住他。她坐在他的身上，引领他进入某种节奏。

从未有过的感受——他像是重新生出了一层皮肉，娇嫩而敏感，无论是风还是她的手指轻触，都会引起一阵愉悦的战栗。他渐渐放松下来，被含混温润的源泉裹挟，听凭自己朝更远处漂流。房间里的每个物件都变得比以往更加清楚彻底，如同他第一次看清它们的原貌。她俯下身，那绸缎织物轻盈地覆盖在他的脸上。随即，他的身子不由自主地紧绷，一股强烈的快意使他受辱般忍不住呻吟起来。他们紧紧相拥，不留下丝毫缝隙。接着，他长叹一声，仿佛终于从深潭中浮出水面。月光照得屋内明晃晃的，冷飕飕的秋风吹拂在他的脚心和小腿。

她也安静下来，靠在他的肩头。他有些困倦，意识朦胧，最初的惧怕、沮丧和愉悦悄然褪去。现在，他感受到的是一种崭新的安宁。他感到自己恍惚中跨过了一道门槛，与身边这名几天前还陌生的女子有了关联。多么奇妙！他在心中叹慨。她已经进入了梦乡，鬓角还存有津津汗意。他想到了金台上的夕光、他们相识之前的无数个夜晚，以及那些死去的人。

他昏昏睡去。

他再一次来到那条永无尽头的乡间小路上。天是酷热的，地也酷热，热来自火，火燃烧在四周。他懵懵懂懂地走着，烟雾弥漫，大地寂静无声。只有屋舍、田地和树木在静静燃烧着，融化在一股股的热浪中，变成灰烬，飘洒盘旋，像是离得很远的鸟群。他忽而变得很大，大到可以俯视整个燃烧的村庄；忽而又变得很小，火柱冲天而起，如同鬼神故事里的阎府景象。他快步地往前走，后来就成了跑。有几个黑影在火光中闪动，又瘦又长，仿佛拖拽着沉重的身躯。他们在隐秘交谈着什么。火焰吞噬木头噼啪作响。某个瞬间，那几个黑影忽然停住了，一齐朝他望过来。他们看到我了！他的心里只有这个念头。他转头就跑，身后是嘈杂的脚步和喧嚷。

路永远绵延到灰色的尽头。烈火映照的天际红彤彤的，有种不真实的绚丽，仿佛炙烤后的锅底，要把天空烧出个大洞。他没命地跑，没有回头，却知道身后的黑影霍然间膨胀数倍，伸出长长的手臂，要将他拽过来。他的双腿绵软无力，随时都会跌倒，但他还是跌跌撞撞地朝前奔，身子前倾，一头扎进迷雾里。

直到这时，他才发觉唐盼在跟着他一起跑。他死死地攥着她的手，感受不到重量。远方的山岗上，一对男女正逆着光走下山坡。他们来到半山腰，站住了，看起来很高兴，朝他挥舞着手臂。他知道，那是自己的父亲和母亲。他们没事儿，他们在等着我呢。他的心一下子就安定了，再也不怕身后迫切的黑影。山岗之上，漫天星斗。他一点也不着急，每走一步，都知道自己与他们更近了。他终会来到他们身边。

“先生，先生？”

他醒来时，梦中的场景还未从他眼前消散。屋中到处闪烁着星子，恍若溟濛的萤火，忽明忽暗。火光已然凝固，变成一道渐渐消融的幕帘。他看到唐盼披了衣裳，正用手抚摸他的额头。星子沉沦，屋子终恢复成原先的模样，所有事物各归其位。

“怎么了？”梦生坐起身，晃了晃头。

“刚才先生在喊些什么‘快跑’，是不是做梦了？”唐盼关切地说，“瞧这一脑门子汗，我去给先生倒水。”说着，她穿好衣服，去了堂屋。

电灯亮起。梦生紧张起来，悄悄掀开被子。还好，没有尿床，他松了口气。喝完水，他舒服多了，有些不好意思地看着唐盼。

“刚刚是做噩梦了？”唐盼笑着，拿出手帕擦去梦生额头和眉目间的汗，像是一位母亲在安慰自己的孩子。

“嗯。”梦生点点头，“经常做的。”

“我认识个相士，精通《梦林玄解》，哪天请他来为先生解解梦。”

“不用解，”梦生说，“我做的梦都是真实的。”

“那一定是不好的回忆。”唐盼说，“我常听人说，有些事结郁心头，就会反复出现于梦中。如果先生乐意，不如说给我听，说不准就不会总梦见了。”

梦生盯着唐盼的双眸。自从离开家乡，这还是他第一次感受到世间除了父母之外真的有人与自己息息相关。所谓“心意相通”就是如此吗？梦生也想不明。事实上，他既幸福又心乱如麻。他从未体会过这种感觉。

因为那场无妄之灾，他失去了双亲。之后的许多年，他认为自己与世人斩断了某种干系，他以为人们可以相互倚傍，却无法相通。因此他紧闭心门，从未跟人提起过往，即使是社首也是如此。他感激社首收留了自己并庇护在其羽翼之下，可谓不是亲人胜似亲人。不过，他认为做到这步就已足够。在社首面前，他从不流露出额外的情感，就像社首教导他的，对于一名刺客而言，有太多情感反是阻碍。这宗旨正合他意，他相信自己天生就是做刺客的料。

但是今日，面对着唐盼，他心中有什么东西忽然松动了。

他不确定这是否明智，可他确实有了诉说的愿望。十八年前，他的父母死于一场大火。

“……那是庚子年间？”唐盼似乎明白了什么。

梦生点头。十八年前，庚子年，天下大乱，义和拳起，京城、天津、直隶尤甚。各地纷纷设坛，拜玉帝、关帝、二郎神等诸神仙，组织拳团，扶清灭洋，驱洋人，杀教民。

那年梦生十岁。

我记得自己是如何跌跌撞撞跑在乡间的土路上，让泥水溅湿了裤脚；记得呛人的浓烟钻入鼻孔，怎样使我差点晕倒；记得火光中那些晃动的人影、嘶叫的马匹，皮毛如夜晚一般漆黑。我本能地意识到了危险，躲藏在一棵矮粗的枣树后。可我还是被发现了，听到那些人的呼喊，听到他们的脚步朝自己踏来。我开始跑，没命地跑。脚步声像是索命鬼般跟在身后。夜已深了，云遮住了月亮。天地一团混沌。我平躺在棉花地里，不敢出声。浑身颤抖，觉得自己在下坠，无限地坠落。极致的紧张令我全身像是注满了铅，一动也不能动。我觉得自己真的快要死过去了。黑暗中，大地悄无声息，我觉得有什么东西从自己下身喷涌而出。我的耳畔不断地浮现母亲教过的乡间谣曲，一遍一遍，似乎永无停歇……紧张化为极度的疲倦。我的天灵盖发出嗡鸣，如压着一块重物。

后来，我不知在潮湿的泥地里躺了多久，直到再无搜寻者的脚步声。我站起身，感到裤裆湿润而黏稠。但我顾不得这许多，继续没命地往前跑。黑黝黝的山坳、树木、屋舍……曾经无比熟悉的事物全都泥浆般搅在了一起。我最后一次回头——天边，仍悬挂着暗红色的帷幕。

四

当看到山内丰成的汽车再一次驶入口袋胡同，梦生变得有些焦躁。最现实的情况是，他的钱用得差不多了。住店和去找唐盼都是一笔不小的开销，他只好忍受着莫名的落寞，整日窝在旅店里，希望能够找到时机结束这种局面。可是山内非常谨慎，不给他留下任何机会。即便是去西安市场，也是将车停在市场门口的小牌楼下面再走进去。三位保镖早已候在那里，打山内下车便贴身不离。

梦生最初的计划被打破了。他以为自己可以像以往那样藏在暗中，神不知鬼不觉地送科点儿归西。然而山内就像在戏弄他，让他时刻感觉有戏，却根本无处下手。

他收起马金钩，决定主动出击。这次社首开出的酬金不菲，是之前的四倍有余。梦生对酬金之类从无要求，往往是社首开多少便收多少。一来他平日除了练功几乎没有爱好，根本没有花钱的地方，酬金绰绰有余；二来比起赚钱，燕社给予他的安稳感更加重要，他早已将此当成第二个家。

不过，这次他很想早点拿到钱。

梦生曾旁敲侧击问过唐盼关于山内丰成的事。关于这个人，唐盼也不甚了解。除了有几次过夜，平日里她根本见不到山内的面。但是每一次留宿，山内都会坐在堂屋的椅子上，端详唐盼许久。“盯得我心里直发毛。”唐盼说，“虽然有些先生也喜欢盯着姑娘们看，但也没他这么个盯法儿。”

“怎么讲?”梦生问。

“我也不知怎么形容……”唐盼有些犹豫，“他倒不像是那些带兵的，凶神恶煞，眼里满是杀气。他就是安安静静地坐在那儿，有时还带着点笑，却是比带兵的还可怕……那种眼神，怎么讲，就像是在看一件死物。”

“死物?”

“是。从他的眼神里，我觉得自己好像已经死了一样，或者说，我本来就是个没生命的物件，摆在货摊上。带兵的眼中有杀气，起码还把你当作个活物，可是他看我的眼睛呢，却一点感觉不到生机。说实在的，想起那种眼神我就犯怵。”

唐盼的话让梦生觉得奇怪又新鲜。

“你知道他住在哪间屋吗?”

“这也是个怪事。山内先生住在哪里，大院里没几个人知道。他只是偶尔才会去别的姑娘房间留宿，但这段时间也没再来过。我听有的跑厅讲，他经常跟一个叫塔季扬娜的白俄女子在一起，但至于住在哪间屋子，我也不知道。”

看来在偌大的宅院中找到山内并非易事，梦生想，那么还是在外面解决相对更容易些。于是，梦生带好手枪，只要看到山内的车一露头，便下楼直奔西安市场。

自从梦生手头吃紧，便不再让旅店伙计叫饭，也就没了茶水钱。伙计一肚子气，对梦生愈加爱搭不理。而梦生根本顾不上这许多，没伙计来扰他，倒也难得清静。

没几次，梦生就摸清了山内常去的地点——到欣蚨来茶馆听书、听八角鼓、喝茶，然后去西庆轩茶园看电影，中间会看两眼外面撂地的把式。有时还会去清真馆子吃一碗白汤杂碎。

梦生跟着山内进了西庆轩。里面光线昏暗，透光的地方都被布遮得严实。座位分成左右两边，中间是狭窄的过道。放映的虽然是西洋电影，但还是像戏园子一样男女分座。山内一行人找到左侧三排的位子坐下。这回，他身边只有两名宗社党，正好一左一右，护在山内两边。梦生慢慢走过去，发现山内身后隔一排正对着的位子正好空着。真是天赐良机。梦生心里想着，坐在那里，盯着山内那颗漆黑的头颅。手枪从袖中滑落。

他们来时电影已放了一半。进场前梦生瞥了一眼外面墙上挂着的节目单和须知。西庆轩的规矩，观众随时可入场，如果想看完整可以等到下一轮重复播放。梦生当然知道电影这种从西洋传来的时髦玩意，但从未真正进过电影院。他曾听说当年给西太后放电影时突发爆炸，当场炸死了几个官员。这么说，看电影还有一定的危险性。此外，这里的氛围也让梦生感觉奇特——这么多的男男女女，挤在狭小难闻的屋子里，好似在一起干着什么见不得光的事。他们不怕爆炸吗？梦生不明所以。

这幅场景倒使他回想起自己正式加入燕社那天，由赵瞎子带着他来到九龙山观音阁的大殿中。大殿里的烛光也像今日这般昏沉。他看见一个人正背着手，站在佛像前。幽暗的灯火摇曳，使得大殿里满布的阴影摇晃不停，仿佛整座屋子都在晃动。佛像的表情也显得阴晴不定。这时，那个背着手的黑影慢慢朝梦生走过来。梦生看清了他的面容。

“你来啦。”那个影子说。就好像他是一个久别重逢的故人，尽管他们只是第一次见面。

“嗯。”梦生点点头。大殿里有一种朽木的清香，让他想起很多年前，自家庭院里落雨时的味道。他忽然觉得累了，但不是疲惫，而是长途跋涉之后的如释重负。他想要好好休息一下了。

佛像下面供奉着曹沫、聂政、专诸、荆轲等先人牌位。赵瞎子开始讲述燕社行规，语毕，用匕首割开梦生食指，滴血入酒中，令他一饮而尽。他抬起头，看到社首脸上真切的笑容。

一阵强光打断了梦生的回忆。他看向前方的大幕布，上面竟赫然出现一列火车，冲着人群横冲过来。梦生来不及思考，蓦地站起身。没有人跑，也没有人尖叫，周围人的目光一齐盯住他。那辆火车缓缓靠站。梦生觉得双颊发烧，重新坐下。他看到山内似乎也扭过头来。他急忙弯下身子。

当他再次直起腰，幕布上的图画又变了。这次出现的是一个战壕，穿着军装的西洋人正向幕布外面射击。他知道欧陆正在打仗，这个画面估计就是遥远的前线阵地。飞机、炸弹、刺刀、死尸轮番过后，幕布上出现了一个黑人，傻呵呵地笑着，开始面对观众吃一块大西瓜。零星的笑声传入梦生耳畔。这时，前方有人离开，他缓慢地站起身，挤到前排的空位。他看了眼四周，微弱的光线中，每张仰起的脸看起来都差不多。黑暗是最好的隐藏。山内的半个身子就在离他咫尺之遥的地方。梦生拿枪的手举在腋下，他确信自己可以一枪打穿山内的脑瓜子。就是这一刻，令他魂牵梦绕的一刻，只需轻轻勾一下手指……

这时，山内忽然转过头，目光准确地停留在梦生身上。幕布闪烁不定的光映照着他的脸。他注视着梦生，嘴角浮现出一抹既愉快又伤感的微笑。

梦生觉得喉咙像是被什么东西堵住了，耳边的笑声变得模糊，仿佛一下子离得很远。笑容一闪即逝。山内回过头，站起身，戴上礼帽，身边的宗社党也随之起立，跟他一同离开座位，匆匆朝门口走去。

梦生呆呆地望着他们的背影。枪仍握在手中，却已失去作用。他从最初的震惊中回过神，想到自身的处境，急忙起身奔向后台，不顾伙计们的讶异，推开西庆轩的后门。阳光扑面，刺得他睁不开眼，被西安市场奔涌的喧哗冲撞得一个趔趄。容不得片刻耽搁，他隐匿进稠密的人流中。

连续数日，那诡异的微笑在梦生的眼前挥之不去。刺客最需凝神，神散则险至。刺客无法凝神与送死没有区别。梦生感到事情正在超出他的预料与理解，越来越多的东西扰动着他的心。第一次，他嗅到了失败的气息。

到底哪里出了差错？梦生坐在旅店的客房里，反复思考着这些天发生的事。山内的笑容无数次闪现在他的面前，但是，他越努力回想当时的情景，那情景就愈加不真。这件事真的发生过吗？他想到幕布上的影像，比起山内，电影里的事物倒显得更加确切。

夜幕缓缓落下，正是霜降时节。各大茶楼、戏园、酒楼加设夜座，连唱夜戏。梦生走在街上，看到三五成群的人手提灯笼，说说笑笑，从身旁经过，戏乐与宴会使人暂时忘却了战争和饥年。但这热闹景象与梦生无关，他隐没在夜色中，如失魂的野鬼到处游荡。

他不觉间走到顺治门[1]城楼下。高大恢宏的城楼浸在紫色的夜色中，西侧则是众议院中西合璧风格的楼宇。乌鸦拍打翅膀，盘旋在这些沉默的建筑物的上空，刺耳地嘶鸣着，仿佛来自另一个世界的游魂。顺治门俗称“死门”，早先是死刑犯上刑场的必经之路。站在城楼底下，梦生凝视着这座“死门”。熊熊烈焰在他周围噼啪作响，那是无数次出现在他梦中的地狱景象。他忍受着火焰的炙烤，天与地都如冰块般消融。那一夜，他无法掌握自身的命运，唯有逃跑，任凭黑夜撕开的口子将他吞噬。他恶狠狠地看着那个在黑暗中无休无止地奔跑的孩子。

蹲守两天后，梦生终于在西安市场的大院空地上看到了那个模子匠。这一次，他不再像上回那样破衣烂衫形同乞丐，而是换上了新夹袄，剃了头，手拿烟袋锅子站在人群中看耍大刀的卖

---

1 顺治门：今宣武门。

艺人。梦生挤进去，站在模子匠身后，拍了拍他的肩膀。

模子匠回过头，双目迷茫地望着梦生，又转身继续看表演。梦生只好再拍了拍他的肩。模子匠没再回头，忽然一猫腰，钻进人群的间隙，像只敏捷的耗子拔腿就跑。梦生心道奇怪，拨开旁边的人，追了上去。

没跑几步，模子匠脚下拌蒜，一头栽倒在地。周围的人往这边看了两眼，又走开了。在这类鱼龙混杂之地，打架斗殴的事经常发生，人们早已见怪不怪。

梦生扶起模子匠，抓住他的后襟，呵斥道："你跑什么？"

老匠人立刻变了一副面孔，五官皱在一起，满脸堆笑。

"您吉祥。"模子匠用讨好的语气低声下气地说，"日子还没到哪！"

"什么日子？"梦生不明所以。

"这您就拿小的打岔了。"模子匠狎昵地笑着，"有了钱，我自然得还您，可这还没到日子呢不是？不过您甭担心，最近我也交了好运，等我把手上的活儿弄完了，一准儿把钱还您。"

梦生这才反应过来，老匠人是把自己当成催债的了，将错就错地问："你交了什么好运？在干什么活儿？"

"这事也怪。前些天我遇上个日本人，见我以前做的房屋的模子，高兴得不得了，全给买下来了，给了十几块大洋，让我家那小子全给拉到府里了。您想想，这些模子放家里都快发霉啦，谁承想能遇见财神爷呢？还没完。那日本人还叫我专门制作东洋庭院——虽然以前没做过，但大同小异，反正也是从咱中国人手里传过去的不是？他怎么说，我就按着来，图纸全在我脑子里。眼下做得差不离了，今晚我就送过去，又到手二十块。”

“什么时候？”

“戌时。”

梦生点点头。“我跟你一起去。”

“啊？”老模子匠一脸茫然。

“不必多问。到时有人问起，你就说我是学徒，知道吗？”

“知道，知道。”

“这事不许告诉别人，免得惹祸上身。”

“那是自然，那是自然。”

梦生回旅店，换上一身学徒短打扮。到了晚上，那模子匠果然出现在口袋胡同口，手里还抱着个盒子样式的东西，用一块红绸布蒙着。梦生掀开绸布，原来是个玻璃罩，罩子里是一座微缩的日本庭院——岩石、小桥、溪流、竹筒、灯龛、佛像，以及铺在地面的白沙石、苔藓和乔木，全都十分逼真。点缀着金色波纹的障子门敞开着，从中可以看到里面精巧的摆设，还有两个穿着和服的小人儿，一男一女，一蓝一红，并排坐在榻榻米上。整座庭院制作得惟妙惟肖，梦生也不由得连声赞叹。

“这算什么，老子年轻时还为光绪爷做过颐和园的模子呢。只可惜，这手艺现在是无人问津了……”模子匠说起过往很是自豪，拍了拍胸脯，酒糟鼻子又红又亮。

“拿稳，别摔了。”梦生提醒道。

二人来到挂着清幽灯盏的宅院门前，老匠人叩门，与跑厅说明来意。跑厅听后又唤来一位年轻女子。女子领着他们穿过层层叠叠的院落。与往常一样，宅院中灯火通明，窗前飘动着姑娘们的倩影。在一处梦生从未见过的月亮门前，女子停住，叫二人就此止步，然后她接过模子匠手中装有庭院模子的玻璃罩，独自走入门内的小院子。这间小院位置偏僻，光线黯淡，远不如其他屋舍那般灯火辉煌。不多时，女子现身，伸手将一只丁零作响的钱袋子递给模子匠，说道："可以走了。"

模子匠连连称谢，掂量着袋子，笑得合不拢嘴。女子沉默不语，回到月亮门内。梦生仔细看了一眼月亮门和院内透出的微弱灯火。他慢慢地跟在模子匠身后，然后闪身隐入暗处的葡萄架下。待四下无人经过时，梦生转回到月亮门前，踏入院内。

这座院子毫不起眼，没有电灯，几间低矮的屋舍笼罩在黑暗中，显出清冷破败的模样，似乎已废置多年。梦生踩着积满地面的枯叶，动作很轻，尽量不发出声响。院中长满不知名的野草，拱起的树根撑破地砖，形同瘤疤。这里并未有人居住的迹象，这里的黑暗仿佛可将月光吸噬，而那名女子则似凭空蒸发了一般。梦生行至院中站住，侧耳聆听。微风拂动耳廓，衣衫贴服在脊背。风中传出窸窸窣窣的响动。梦生循声走到一间屋子前，捅破窗纸，向内观望。忽然，像是在欢迎不速之客的到来，屋中冒起烛火，荡出一方光亮。

在宛如鬼火的烛光中，影影绰绰现出几个人影。

梦生屏息细看，见屋中有三人。其中一人手举烛台，穿着普通丫鬟的衣服，一动不动地站在那里——正是刚刚引路的女子。另外还有两人，一个是洋人面孔的女子，身材高大，穿着看不清颜色的西洋款式的深色丝绒睡衣，里面则是皮革制成的紧身马甲，裸露着结实的臂膀，还露出半边硕大浑圆的乳房。她将浓密的银发梳于脑后，结成粗壮美丽的发辫，手中握着盛水的铜壶，目光肃穆地凝视那个坐在椅子上的人。那人离烛光较远，大半个身子都没在暗中。梦生稍稍调整角度，看到座椅上的是个男人，上半身没穿衣服，两只手被绑在椅子的扶手上，还有一根绳索从椅背穿过，套在男人的脖颈处。他仰着头，脸上覆盖着一块薄薄的白色纱巾。

一时间，三个人都如泥塑般纹丝不动，如果不是刚刚见过那名引路女子，以及她手中细微颤动的火苗，梦生会以为他们是三个假人。屋中寂静无声。西洋女人悄无声息地走到被绑束的男人身后，爱抚男人苍白的皮肤，他的肩颈、锁骨、胸口、腰际……男人有着如女子般纤细柔和的形体，没有一丝赘肉。梦生可以看到他一起一伏的胸膛，还有从鼻息间传出的哼唧声。

西洋女人俯身，在男人耳畔低语了几句，男人点了点头——动作极轻，梦生不确定是否只是错觉。西洋女人重新直起身，高高举起铜壶，壶嘴正对着男人覆盖白巾的脸庞。一条细流从壶嘴倾泻而出，染湿了白巾。男人立刻紧绷身体，脖颈青筋暴露，发出痛苦的呻吟——被水浸透的白巾牢牢地吸附在男人脸上，仿若一张面具，五官凸显，死死地堵住了任何能够通气的缝隙。男人狰狞地扭动身躯，却挣脱不得。身旁的两名女子不顾男人的剧烈挣扎，漠然地望着他，又恢复到了刚刚静默的状态。

梦生向后退了一步，忽然听到身后传来脚步声——那步子又快又稳，正快速向自己奔来。与此同时，屋中的两名女子一齐扭过头，望向窗外。持烛火的女子吹一口气，像是戳瞎了一只眼睛，屋子登时陷入黑暗。

梦生顾不得这许多，急忙回转身形，看见一团黑色的东西已然降至自己身后。刀光一闪，利刃贴着梦生的肋骨滑过，刺破了他的衣服。梦生跳到几米远的一棵枯树下，想要开枪，可黑影已近在咫尺。这一次，梦生左肩酥麻，知道中了招，但也清楚伤得不深。他只看清了黑影腰间系的红带子。

云层遮住月光。梦生攀至树梢，翻过山墙，又匆匆行了一段路，抬头发现正置身砖塔胡同的万松老人塔的塔身下。万松老人塔的九层青灰色砖檐矗立夜色中，这座元代的建筑如同沉睡的上古神兽。梦生绕过塔身，出了砖塔胡同。没人追来，左肋的伤口染红了半条胳膊。

回到旅店，梦生检查了伤势，自知无碍，便撕下布条简单包扎。天空泛着星光，似对世间的一切都浑然不知。此时此刻，他的心绪没有波动，好像只是发生了一件本该发生的事。褡裢表嘀嘀嗒嗒地走着，梦生靠在床头，等待白昼降临。

清晨，天才蒙蒙亮，梦生已经叫了人力车，停在北城隍庙山门外的牌楼前。他下车，给了车夫钱，然后绕过庙门，走入旁边的夹道。晨光映在山门的琉璃瓦顶上。据传说，除上元节前后有庙会时会燃起“火判”，凡京城出现大变故，庙中的钟馗像都会莫名燃烧起来，火光侵染大片夜空。而上一次“火判”自行燃烧正是康熙十八年大地震的前夜，那次地震使京城损失巨大，连皇帝都不得不发下“罪己诏”。

还没到庙后，梦生就已听到鸽子的咕咕鸣叫。不是一两只，而是众多鸽子的叫声。拂晓刚过，北城隍庙后头的鸽市便已开张，许多卖鸽子的推着车子早早占上地方。车子上是成笼成笼的鸽子，品种普通的笼子用青竹制成，稍好的鸽笼则用黄花竹。

北城隍庙后的鸽市规模很小，但五脏俱全。除了鸽子，还会有鸽哨、鸽食配套售卖。品种也不亚于护国寺、隆福寺、花儿市等大鸽市，什么点子、玉翅、凤头白，以及鹤秀、七星、紫玉翅等上好品种都能在此遇到。

混迹于买卖鸽子的人群里，梦生的目光搜寻着那个总是佝偻着身形的瞎眼老人。他走了一圈，也没看到赵瞎子的身影，刚想转身，有人拍他的肩膀。

“是在找老朽吗?”

说话的人正是赵瞎子。他正笑眯眯地站在梦生面前，穿着一件破皮袄，披散着花白的头发，两只眼睛半张着，眼球蒙着一层白翳。

“您老怎么看见我的?”梦生总觉得不可思议。

“感觉。”赵瞎子说，“每个人身上都有别于他人的气场，你跟这些买鸽子的不一样。我凭感觉就知道你来了。”

“您真是神了。”

赵瞎子摆摆手。“无非是为了活下去。瞽人想要自保，必得付出异于常人的艰辛才行。”梦生听闻，赵瞎子早年间习武，被仇家捅瞎双眼，曾做过十多年的相士，凭借天赋异禀，竟摸索出一套杀人技艺。只不过，这套技艺无法光明正大地比试，更适于暗杀。如今，赵瞎子在燕社的资历仅次于当今社首。上了岁数后，赵瞎子很少再直接参与刺杀，主要负责燕社间的联络。一旦有紧急情况，刺客便会来鸽市找他。

明面上，赵瞎子是一名养鸽人，为燕社豢养信鸽。

“下顶（遇到麻烦事）啦？”赵瞎子说道。

“下顶。”梦生回道。

“大顶（大麻烦）？”

“末（不是）。”

赵瞎子点头道：“随我来。”

他们离开鸽市。赵瞎子在前领路，背手猫腰，缓缓踱步，好似在悠闲散步。向北行至后门桥，两旁乞丐云集，见到梦生都纷纷伸出手，聚拢过来。近年来京津直连续遭灾，加之战乱不断，大批失去土地的农民涌入京城乞讨。梦生想到被洪水淹没的故乡，不知这里有多少是自己的乡亲？

沿着河沿儿，过了火德真君庙，继续往北。赵瞎子慢悠悠地走着，梦生几次超过，然后停下等待。天空晴朗，微风习习，映衬着前海的水色如脂玉般通透，轻盈的云影映照在水面上，两旁的垂柳轻舞枝条。深秋时节，什刹海沿岸原先热闹繁华的街道开始冷清，有些商铺已经关张，为来年春天做准备。落叶满地，残荷萧瑟。

“您要把我往哪儿带？”梦生问道。

“急什么，我老头子都不急。”赵瞎子说道，“自我入京，就已经瞎了。生活四十年，从来没看见过这儿的景色。你来代我好好看看。”

二人行至银锭桥上，梦生向西极目远眺。什刹海的水面波光粼粼，愈远愈开阔，到了目极处，西山黛青色的山影渐渐浮现，延绵数十里，犹如一堵厚实的墙壁，横亘在水波与流云之间，又与其融为一体。恍惚中，梦生觉得仿佛是谁凭借神力，将西山搬至自己的眼前。

“看见了吗？”赵瞎子突然问。

“看见了。”梦生回道，“今日好天气，‘银锭观山’名不虚传。”

“你没看见。”赵瞎子说道。

梦生茫然，不知他所指何意。赵瞎子说完便不再言语，慢慢渡桥，来到对岸，又顺河沿往南走。没多远，梦生看到随风摇摆的酒楼幌子。到了大门前，抬头是一个铜招牌，上书“会贤堂饭庄”。这座二层高的饭庄修筑得很是气派，磨砖对缝、雕梁画栋。走进去是大四合院的构造，影壁、水缸、花草树木一样不缺。据传这里曾是湖广总督张之洞的旧宅。梦生知道会贤堂是京中显赫人士聚集的场所，赵瞎子为何领自己到此？他心里打鼓，但也没问。他俩的穿着打扮引起了其他客人的侧目，饭庄伙计连忙跑过来，准备将这二位疑似乞丐的人物轰出去。这时，赵瞎子在伙计耳边说了几句什么，伙计立刻态度大变，搀扶着盲老人的手臂，引上二楼雅间。

在楼上，可凭窗瞭望周边景色。水面倒映着碧空，令人心旷神怡。

但梦生没有观景的心境。他局促不安地坐下，刚想开口，却被赵瞎子抢先说道："我带你来这儿，为见一人，一会儿你就知道。你先说说找我何事？"

于是，梦生一五一十地将宗社党保护在山内身边、自己与宗社党交手一事告知赵瞎子。这回情况复杂，他希望能尽快得到社首的指示。

"来了。"赵瞎子忽然打断梦生的话。片刻，梦生听见有人上楼来的脚步。

上来的是个英姿勃发的白净青年，披大氅，头戴瓜皮小帽。见到梦生，微微一笑，挨着赵瞎子，坐在他面前。

"您老今天来得早啊。"白净青年用亲切而慵懒的语调说道。

"是啊，老胳膊老腿的，得时常运动。"赵瞎子有些谄媚地笑着说，"冉公子还是每日都来看这大好河山啊。"

梦生愣在那里，听二人对话，似乎成了多余人，但冉公子的名号还是使他内心震动。这位冉公子是明万历时燕社最著名的社首冉昂的后人，也是一等一的刺客，加之身份尊贵，因此燕社内部一直流传着冉公子将是下一代社首的说法。他曾听闻此人，但从未见过。他只知道，冉公子许多年一直在东洋留学。

"你就是梦生吧。"冉公子盯住梦生，目光锐利。

"是。"梦生心下疑惑，不知他是如何认得自己的。

"弹无虚发，从未失手。我认得你，你是燕社有名的神枪手，也是社首最信任的部下。”

“公子过奖。”

穿白绸小褂的伙计跑上来，给三人沏好香片。茶香弥漫，冉公子端起茶杯，轻轻吹气。梦生依旧坐着不动，盯着远处的鼓楼。

“有朝一日如果社首不在了，你该如何？”冉公子放下茶杯，饶有兴致地看着梦生。

“不明白公子的意思……”

“乱世之中，瞬息万变。社首如若发生不测，你还会继续对燕社忠诚吗？”

梦生惊讶地注视冉公子，不知如何作答。半晌，他低声说：“我视社首如父亲。”

“好！”冉公子大声说道，“忠义之士，当世难得。看来赵老所言不虚。”说罢，看向赵瞎子，后者一脸漠然。

“没旁的事，只是一直想结识梦生兄，今日多亏赵老引荐。”冉公子笑着点点头，转而凝视窗外。雾气氤氲中，景山上的佛亭隐隐在望，冉公子陷入了沉思，无比惋惜似的喃喃自语道：“可惜七月十五已过，要不真想尝一碗这里新鲜的荷叶粥啊……”

从会贤堂回来，梦生心中惶惶不安。他也说不清为什么，与冉公子和赵瞎子的会面使他更加心烦意乱。社首的指示迟迟不来，他又开始频繁地做梦，不得不频繁地换洗衣裤。不仅是逃亡的梦，还时常做那种无缘无故坠入深谷的梦。每当深夜被噩梦惊醒，他睁开眼，一边喘气一边望着墙壁上逐渐增多的霉斑，像是一幅潦草的梅花图，不知自己身在何处。偶尔，他也会梦到自己还躺在家里的炕上，屋里点着炉火，身子暖烘烘的，舒服得让他一动也不想动。他只有十岁，母亲借着烛光在缝衣服，父亲则戴着眼镜翻看账册，手边放着算盘。屋子里温馨又暖和。

怎么了？父亲抬起头，问梦生。

刚才做了噩梦，非常非常可怕的梦……梦生想说，但他突然感到一阵悲恸，不受控地哭泣起来。他想，这样一定会吓到他们的，但他怎么也停不下来。

没事，没事。父亲用手掌抚摸梦生的额头。睡吧，睡一觉就好了。

梦生安心地闭上眼睛，尔后醒来，望着总有耗子跑过的顶棚。

这些日子，他愈发思念唐盼。他知道，现在再去口袋胡同是很冒险的事，而且还可能给唐盼带来麻烦。然而他抑制不住心中的渴望。他想要见到她，哪怕只是看上一眼，他相信内心的不安就会消失大半。

终于，这天深夜，他穿上压箱底的夜行衣，潜入口袋胡同的大院中。他跃上屋脊，轻车熟路地找到了唐盼所在的房间。他确认四周无人后，走进漆黑的堂屋，推开里间的门。床上躺着一个鼾声如雷的陌生男人，唐盼的一只胳膊正搭在他的胸前。

或许我在她眼中也不过是个普通的嫖客，与现在这个男人没有分别。他想着，转身就走，但没走几步又折返回来。黑暗中，他注视唐盼的面容，忍不住抚摸她的脸颊。这时，他看到唐盼睁开了双眼。

“孟先生？”

梦生示意她不要动。

“我来向你告别。”梦生压低声音，“可能这段时间我没法来看你。”

“先生遇到了麻烦事？”

“说来话长。”

唐盼犹疑地看着梦生，一时说不出话来。

“对了，孟先生。”唐盼想起了什么，表情也变得愉悦起来，“我的赎身钱攒得差不多了，估计过不了多久我就能离开这儿。”

梦生望着她的目光。

“好。”

他回到旅店，发现屋子里乱作一团：翻开的柳条箱如同动物被割开的肚皮，横七竖八的衣物就是流淌出的内脏器官。床铺也被掀开了，他的所有盘缠和马金钩都下落不明。

毫无疑问，这是招了贼。可为什么偏偏赶在这时候？屋漏偏逢连夜雨，失财是小事，马金钩失窃却很要命。私藏枪械，一旦被发现定会招来官兵。现在，他身无分文，又面临着被通缉的危险，只好连夜收拾行李，避开伙计眼目，逃出了旅店。

能去哪里呢？他拖着柳条箱，置身于昏暗的大街上。霜降过后，秋夜更加寒冷刺骨。街道上空无一人。他喜欢夜色，黑暗中便于隐藏，可此刻他觉得又困又冷。他漫无目的地走到西安市场门口，里面一片寂静。梦生进入旁边的大拐棒胡同，准备将就一晚，却发现已有两三个乞丐占据了最舒服的角落。他们一动不动地躺在黑夜中，身上盖着破布和报纸。

他挪到墙角，头枕箱子，强迫自己睡下。正半梦半醒中，他感觉有人在拉拽箱子。睁开眼，是个面黄肌瘦的老乞丐。见梦生醒了，他吓得慌忙逃窜。

梦生叹口气，再也睡不着。他顺手拾起乞丐留下的《顺天时报》，借着微冥的天光，读上面的新闻：

伶界大王评选。梅兰芳获男伶大王徽号，刘喜奎获坤伶大王徽号。

欧战战场，劳工营发生暴动。某次，一名英国军官因为说了“let’s go”，被劳工误认英人骂他们是狗，随后发生暴动。

……

后一版小说连载，是一部题为“电气西游”的科学小说，作者署名“双寒冰”。梦生记起这个名字，心下好奇。小说讲的是西方世界出现第一大魔头“电魔”，利用“电力”横行寰宇，制作电力控制的机械甲兵，率百万部众驾驶巨大的飞艇，妄想统治三界。于是，斗战胜佛孙悟空再次出山，与电魔一决高下……

寒风浸骨。没读两页，梦生已是手脚冰冷，只好收起报纸，在胡同里打拳取暖。拂晓时分，万物的轮廓逐渐清晰，枝头上挂着露水。胡同里的住户们纷纷起床，生炉子，做早点。大街上，有携背篓的老妇吆喝着：“换大肥子儿！换洋取灯儿！”声音由远及近，奔胡同口而来。

梦生揉揉眼睛，走出胡同。对面的街上，早点棚子已经支起来，猪肉杠的铁钩子也吊着整扇的肉。候客的人力车夫们早早聚集在牌楼底下，手里拿酱肉火烧随便对付着。

太阳慢慢升起来，金芒如熔炉里滚烫的铁浆涌向大地。梦生感觉自己的身躯也仿佛消融在了这一片光芒里，又像从中获得了新生。

他迎着光焰走去。

有一回，父亲在庙会的集市上买了两块金光闪闪的圆形的小东西，上面还连着细细的链子。

这叫褡裢表，西洋人的玩意。父亲说。

我接过去，挂在脖子上。

这表别人都是装在褡裢里挂在腰间的，没见有人挂脖子上，父亲说，快摘了，让人笑话。

之后，父亲教我怎么打开绘有花卉图案的表壳，怎么根据指针查看时间。圆形的表盘写着『子丑寅卯』十二时辰。我把表贴在耳朵上，听到了从里面传来嘀嘀嗒嗒的响声。

它是活的！我还记得当时我如此惊呼。

从此，这枚褡裢表就一直戴在我身上。我没有听从父亲的话别在腰间，依然挂在胸前。这样我能感觉到它与心脏有某种应和。

五

北城隍庙后空无一人。原本热闹的鸽市不见了踪影，短短百步的甬道此时显得空旷而荒凉。那些鸽贩——包括赵瞎子，好像突然之间消失得无影无踪，只留下这截空置的土路。甬道外，是依旧繁华的地安门大街，还有后海的一部分。梦生身无分文，一时不知如何是好，游荡至鼓楼时已是正午。一早晴朗的天，此时却阴云密布。云层如同大团的雾气包裹住太阳，风中充盈着潮湿的气息，吹动树枝时也加深了叶片的颜色。梦生坐在鼓楼的墙根处，闻着从雍和宫方向飘来的若有若无的藏香，茫然地望着过往的行人。人们被风和云催促着，加快脚步，没人注意这个蹲坐在阴影渐浓的角落里的人。

随着第一滴雨落下，雨水噼噼啪啪扑落进黄土路里。雨势并不大，但每一滴雨都沉着有力，像是从天际倾覆的黄豆粒。土路转瞬成了泥地，坑洼处积满了水。梦生的脸和前身都被淋湿，才慢慢站起身，感觉每处骨关节都嘎嘣作响。他站在雨中，前后望了望。钟楼和鼓楼都沐浴在雨中，色彩黯淡。恍惚间，他似乎听到了钟鸣。

赵瞎子失踪了，与社首失去了联系，刺杀计划出现意外，官府的追兵可能随时都会到来——所有事情都凑到了一起，梦生提着箱子站在雨幕中，浑然不觉已被淋透，只想捋出个头绪。

土腥味和植物根茎的涩味更加浓烈。梦生往西走了几步，抬起头，看见从残破的城墙的罅隙中，一株细弱的酸枣树钻出头，在风中颤巍巍的，像是经受不住雨水的重压。灰色的砖墙延伸至远方，横亘在天地之间。梦生站立良久，然后转过身，开始往东走。他腹内空空，头脑却比刚才清晰许多。

待他出了齐化门，走入通州大道时，雨已停了多时。所谓一场秋雨一场寒，湿冷陡然加重几分，梦生只着单夹，身子不时颤抖起来。他只有快步向前，增加体内热量。京城地面，雨后泥泞难行，有时可没过脚踝，将鞋子牢牢粘在泥中动弹不得。梦生艰难跋涉，布鞋和裤腿都沾满稀泥，看不出本来颜色。

出了城，走上石板路，梦生简直觉得身轻如燕。随着日光减弱，寒冷也在加剧。他不得不奔跑起来，两旁的景物——民房、树木、小溪、山坡——全都迅速后撤。此刻，他脑子里什么也不想，只是机械地运动肢体。掺杂着零星雨点的风舒服地吹拂他的鼻尖和额头。

不多时，梦生攀到“金台夕照”的坡顶。他靠在石碑上，等待日头落下。地平线如同被点燃一般炫目，云朵堆积在天边，任由日光刺透、割裂，演变成庞然大物，朝四面八方喷射着怒火。当太阳的下端与地平线接触的那一刻，地面似乎猛烈地颤抖几下，梦生感到一阵天地翻转般的眩晕。日轮变得硕大无比，誓将万物焚化。

大地艰难地吞咽着这枚不安分的火球。它无限地膨胀，直到某个时刻，突破了极点，烈焰的触角开始收缩。火球的大半个身子已没入黑暗，连带着刚刚还清晰明朗的事物一同陷落。当不可挽回的彻底沉没降临时，它拼劲最后气力，射出刺目的光柱，天空登时被染成血红。

之后，水银般的夜色悄然笼盖其上，抹平了天空的余迹。

唯有那一抹余晖仍顽固地悬挂夜空，像一道裂痕。梦生凝视许久，站起身，感到喉咙干涸、头重脚轻，伤口也隐隐作痛。他真想在这儿好好睡上一觉，但他还是强撑着身体，走下山坡。

到了九龙山上的观音阁，梦生饥寒交迫，几乎站立不稳。他希望能在这里见到社首、赵瞎子，或者其他燕社的人，随便是谁。夜幕四合，他觉得自己正置身于巨兽的胃袋，被暗夜消融殆尽。

然而，此时的观音阁犹如一座巨大的坟场，没有一线灯火，没有丝毫生机，唯有风将枯叶吹拢到一起的沙沙响。

梦生走过古槐树，来到大殿，准备在此过夜。大殿中弥漫着一股腐木的潮味，有什么地方在滴水，针尖般刺着他的耳膜。耗子拖着尾巴在房梁和菩萨的眼皮底下往来奔跑，有的甚至停下来嗅了嗅梦生的鞋。他躺在泛着湿气的石砖地上，枕着箱子，身上披着单薄的衣物，懒得动弹。

夜色低垂，万籁俱寂。全世界只剩下唯一的滴水声。

就在他快要睡着时，听到殿外传来很轻的脚步声。不是社首——他对社首的脚步再熟悉不过了；也不会是赵瞎子——这脚步明显是个年轻人，蹑手蹑脚，慢慢逼近大殿。梦生几乎是本能般迅速起身，掏出手枪，藏入菩萨身后。

殿外出现一个晃动的人影。那人在门口定住，似乎在向内观望，犹豫着是否要进来。紧接着，人影突然消失不见。梦生等了很久也没声响，便探出身瞧看。头顶又有耗子在跑动，他听得心烦，想去殿外查看情况。一瞬间，他觉出哪里不对劲，可又不明所以，直到他突然意识到——屋脊上不是耗子跑动，是人！

随着一声巨响，瓦砾和木头从天而降，屋顶破了一个大洞。梦生急忙避开，砖石瓦砾直直地砸倒菩萨像，大殿里升腾起呛人的尘烟。梦生跳到殿外，见屋顶站着一个黑漆漆的身影。二人相峙片刻，黑影闪身消失。

梦生迅速躲在观音阁山门外的一口铁钟旁。又有几滴雨水打在他脸上。

脚步声终于复现。他已经做得很好了，梦生心想，但即使再厉害的人，也无法做到全然无声。黑影也洞悉这一点，动作变得很快，从大殿出来，迅速挪身到槐树下。他听到了我的呼吸——梦生心知肚明，即使绝顶高手，也很难完全湮灭自己的呼吸声。他干脆闭上眼，努力凝神于那细微的脚步挪动。

这是久违的时刻——梦生感到浑身充满力量，杂念被一点点排除在外，一切声响都归于静默，只有脚步声。他虽闭眼，却仿佛能够看见那黑影如何在槐树旁犹疑，又如何下定决心，以最快的身手从槐树抽身，如一阵旋风般朝自己迫近。梦生知道，自己已无时机可逃。他从铁钟旁显现，将所有的力量都汇聚于持枪的胳膊、手腕、扳机、枪口，然后扣动了手指。

随着枪响，他听到了子弹打透肉体的声响。对方的脚步猛然一挫，闪躲到旁边。梦生趁此机会，脱身而去。

刚才的一击几乎耗尽了他最后的精力。他奔跑在茫茫夜色中，悲哀地想到自己实与逃亡的耗子无异。他双腿打战，每一步都险些要跌倒。不知过了多久，眼前的大地变得一片洁白。他以为下雪了，扑倒在那片洁白里。

醒来时，天色大亮。他的身体被水浸湿，才发觉正躺在一片芦苇丛中。白色的芦花迎风飞舞，轻柔洁白，真如翩然的雪花。梦生摇摇晃晃站起身，背对着太阳，勉强辨清了方向。此时，他犹如一具空壳，四肢发冷，脑袋嗡嗡作响。

要去哪里？他竟一时惶惑。仅有的行李箱也落在了观音阁的大殿中，真可谓实打实的“两手空空”了。饿死倒不至于——比起当初，现在远不是绝境。更何况手里还有枪呢——他已比当初的自己强大了不知多少倍。

梦生重新鼓起劲头，大步往前走。

回到齐化门，梦生在南小街找到一家当铺。柜台居高临下，掌柜瞥了梦生一眼，没有理会，将手中算盘打得啪啪响。

梦生全身上下值钱的只有父亲留下的那块褡裢表。他将表递给柜台，掌柜打开表盖看了看，又贴在耳朵上听听，然后随手撂到一边，头也不抬地说：“二十五大枚。”

“不要卖掉，”梦生嘱咐他，“过两天我就来赎。”

掌柜不耐烦地挥了挥手，像打发叫花子一般将梦生轰出去。出了当铺，天空碧蓝如洗，坑洼不平的道路上到处都是积水，柳絮似的朵朵白云倒映在水坑里。梦生蹲下身，看着水面中的倒影——头发如草窝，衣衫残破，浑身沾满泥土，当真与叫花子无异。梦生站起来，踏破水面，继续前行。

他找到一家茶摊，兼卖糖火烧。几个火烧下肚，胃中有食，他立刻感觉精神恢复不少。茶摊前围着两三个驴口儿的脚夫，喝着用茶渣熬煮的大碗茶解渴。梦生也一气喝下三碗，打了好几个水嗝。

那些脚夫在闲聊着前日发生在某家妓院的盗窃案，被盗的是一名妓女，当天晚上就上吊自尽了。

“听说那女子本来是想用那些钱赎身的，”其中一名上了年纪的脚夫叹了口气，“造化弄人啊。”

“你还是先关心关心你老娘明日的嚼谷吧。”另一个脚夫嘿嘿笑着。

听到“赎身”二字，梦生怔了怔，放下茶碗，对刚才那个脚夫说：“你说的事发生在哪里？”

上了年纪的脚夫抬眼皮打量了一下梦生，懒洋洋地说：“听说是西四牌楼。”

犹如晴空响雷，梦生瞪大眼睛，嘴唇失色，顿时动也不能动。那两个脚夫觉得这人行事古怪，彼此使了个眼色就离开了，只留下梦生形如枯槁站在原地。不可能，他在心里对自己说。这么想着，他又灌下两大碗没滋味的茶。

他一口气从南小街跑到了西四牌楼。到达口袋胡同时，天已暗下来了，他的身体依然很是虚弱，肚子里泛酸水，双腿绵软，好像是在梦中或铺满棉花的大道上奔跑似的。月亮探出头来，包裹着朦胧的光晕。口袋胡同依然是之前的样子，外面冷冷清清，大院里面却整夜歌舞升平。他拭去额头的汗水，放慢脚步。尽管这几日发生了许多意想不到的变故，此地此景却没有丝毫改变，这使梦生有种感激的欢欣。

他翻墙入院，迫不及待地寻到唐盼的屋门前。门没关，屋里亮着灯。梦生头一次感到电灯光的温暖。他绽放笑容，掸了掸身上的泥土，走上台阶。进了堂屋，没见到唐盼。有响动从里间传来。

“唐盼!”他欢快地推开门，却发现里面站着个老妈子，正在扫地。她吓了一跳，扫帚摔在地上，双手捂着胸口，一副心悸的模样。

“吓死你姑奶奶了，”老妈子嗔怒地盯着梦生，“这是从哪儿冒出来的?”

梦生连称抱歉，问道：“请问盼姑娘去哪里了?”

“盼姑娘?”老妈子疑惑地上下瞅了瞅梦生，将他当成了新来的跑厅，“你是刚来的吧? 前日上吊自尽的那个姑娘就是她，你上哪儿找去?”说罢，拾起扫帚继续打扫了。

由于电压不稳，屋子里的电灯不停地跳闪。窗外的枝头，传来夜猫子凄厉急促的叫声，又很像谁疯狂的笑声。

梦生听着老妈子轻飘飘地说出这几句话，却仿佛被这些话削去了四肢，泡在缸中成了人彘。过了好半天，他才发觉自己的舌头还能动。

“上吊……自尽……”他低声重复着这两个词汇，好像是生平第一次听到。

“就在这间屋子里。那姑娘所有积蓄都被偷了，没了念想，一时想不开。”老妈子一边扫地一边叹息，“这种事多了去啦，唉。”

扫帚发出的沙沙响，一声声凌迟着梦生。他觉得有一股热气正往脑门上涌。

“那……把她送哪儿了？”

“我听掌班说正好有陆地慈航经过，就让牛车拉到城外埋啦。”

“埋哪儿了？”

“我怎么知道？”老妈子有些不悦，“你们这帮小伙计，打听别家的事比自己亲娘的事还上心……”

“钱是谁偷的？”

“你这儿审犯人哪——”老妈子说了一半住了嘴，因她看清了梦生的脸色，便嘟嘟囔囔道，“无非是飞贼呗，越到冬天贼人越多，所以从前才有‘冬防’的说法。可话说回来，现在可不止冬天，一年四季都得防着贼。什么巡警、游缉队、马巡队又不管事，城外净是路劫，哎呀这民国真快成了贼国了……”

她说完直起腰，发现屋里不知何时只剩她一人。

一轮寒月高悬中天，照得树梢像是经过打磨般剔透。冷飕飕的风从胡同里、枝丫间、城墙缝儿中吹出来，有时还带着点小孩子哭闹似的鼻腔音。更夫的竹梆子刚刚打了四下，敲打声很快被夜风扯碎，消逝在街头。道路上空荡荡的，见不到行人，也见不到骡马。热闹喧嚣的城市沉寂了，偶尔亮起的灯火如同一次意外，很快便心虚地熄灭。夜色牢不可破，就连飞鸟也栖息在枝头，不声不响。

这个时候，出现在街面上的身影都仿佛鬼魅、游魂。那个身影几乎与黑夜融为一体，如果不是此人脚步飞快、行走如风，更夫会以为自己见鬼了。他看到其中一块黑暗像是从城墙上剥离的城砖，从眼前倏忽而过。迷茫的更夫揉了揉眼，不确定刚才是否只是幻觉。作为一个长期在黑暗中工作的人，他竟然也有点害怕起来，于是他开始高唱《斩黄袍》给自己壮胆。

“孤王醉酒，桃花宫。韩素梅，生来好貌容……”

身影穿梭在犹如旷野的街衢小巷中。到了顺治门附近，疾步如飞的身影停步，随便找了个犄角旮旯，脱下裤子，开始舒畅地解手。小便持续了很长时间，淅淅沥沥的水流声显得四周格外空旷。解完手，他长长地舒了口气，沿着城墙继续往西。房屋更加稀疏——这里即使是白天也不会有多少人。

快到太平湖时，城墙上传来细微的响动，仿若耳语，又似风声。身影抬头仰望。城墙之上，隐隐约约显出几盏幽暗的灯笼，在黑夜中浮动，如同鬼火。他知道，自己找对地方了——这里便是“鬼市”的所在。

北京城内，有八个鬼市，顺治门附近的便是其中一处。每当到了后半夜，许多人便聚集在顺治门附近的某地（位置不定），打着黯淡的灯笼，自发形成交易场。只不过，交易的都是些见不得光的东西——大多来路不正，非偷即盗。种类丰富多样——旧衣旧帽、金银首饰、古玩字画、西洋百货，甚或还有卖孩子和倒腾军火的。据说当年汪兆铭刺杀摄政王的炸弹就是在鬼市买的，只是买到了假货，没响。

那身影走上登城马道，来到城头。

几个人影鬼鬼祟祟地站在这里，灯盏照不清面孔，彼此间都用耳语轻声交谈，不让旁人听到。

他走了一圈，没人理会，便拽住一人，低声问道："有枪吗？"

"哪种枪？"那人戴着风兜，遮住大半张脸。

"马金钩。"

戴风兜的男人环视了一下左右，压低声音道："最近正好有一把。但这儿的规矩，只准看，不准摸，交钱走人，两不相认。"

他点点头。于是，戴风兜的男人拿起一盏调得很暗的马灯，领他走了十几米。城头上风很大，刮得人的衣服猎猎作响。远处，角楼黝黑的影子像是一只机警的大狗趴在那里。

男人将马灯放到一旁，打开一只长木板箱，让顾主瞧看，后者几乎把脸贴在了枪身上，看了片刻，忽然伸手将步枪擎在手中。戴风兜的男人大惊，直叫："不准摸，不准摸。"那人并不理会，只是转过身，冷冷地望着他，让他不由得打了个寒战。

“我问你，”那人将马金钩背在肩上，语气中听不出丝毫情感，“你可曾去偷过口袋胡同大院的小班，可曾逼死一个叫唐盼的女子？”

“没有，没有。”戴风兜的男人惊慌起来，后退了几步。

一声巨响，回荡在夜空中。所有人都停下交谈，扭头往这边看来。只见那个戴风兜的男人像是被抽去了骨头，软绵绵地倒在地上，双目睁着，显出不可思议的神态。

那人从手枪喷出的硝烟弥漫中缓缓走出来。他的步子缓慢但坚定，身影比黑夜更浓黑，仿佛从地狱中走出的修罗。又是三声枪响，三个人应声倒下。其他人从呆立中回过神来，扔下灯笼，转身就跑。

他没有追赶，只是呆呆地站着，望着一个莫名的地方。风呼呼地刮着。过了一会儿，他扶在垛口上，发出了一种奇怪的声响——起初，像是某种动物的长鸣，从身体里挤出来，又扁又哑；接着，声音慢慢开阔，变成了肆无忌惮的哭泣。他扶着墙壁，尽情地在寒风中哭泣。

但是，他没有注意到，一个没来得及逃走而伏地装死的鬼市小贩，正慢慢从地上爬起来，抱起木头箱子来到他身后。哭泣使他失去了警觉，箱子狠狠地砸在他后脑勺上。他都没来得及吭一声，就被推下城垣。

鬼市小贩急忙往下望。城墙下是一片幽暗，如同深潭，什么也看不见。只有风声往来呼号。他剧烈地喘息着，转身看了看倒在地上已经凉透了的四具同伴的尸身。恐惧袭上心头，他顾不得那些赃物，落荒而逃。

他的脑袋火辣辣地痛，仿佛被虫蝎蜇了一般。左臂沉重，几乎失去知觉。他想动一下，得到的却是一阵钝痛。阳光照在他的脊背上，有种针刺感。有什么东西凝固在他的额头，像一层薄膜，并不舒服。

他发觉自己正被人像麻袋般扛在肩膀上。

扛着他的人气喘吁吁，但步伐轻快、稳健。他勉强睁开眼，望着那人的腰际和脚下迅速挪动的草地。他的脑袋晃得直想吐。

“哥，每次这种破事都让我干。”扛着他的人忽然说道。梦生这才发觉后面还跟着一个人。

“什么叫都让你干，这回不是没让你扛箱子吗？”另一个人反驳道。

“人比箱子重多了。”

“你就少说两句吧，有说话的工夫能省不少力气。”

“哥，咱会不会惹上麻烦啊？”

“什么麻烦？”

“这人有枪，说不定是个歹人……”弟弟瓮声瓮气地说，“咱不如把他撇了吧。”

“甭废话，想害你哥吗？”

“哥，我害怕。”

“怕什么？这年头杀人的都不怕，咱救人的倒怕了？”

“就是救人我才怕呢。”

哥俩就这样一言一语地斗嘴，不曾停歇。梦生清醒了，但是动不了，也不知他们的底细，便继续装死。他知道，他们故意避开大道，走的是小径，一路上也没见着旁人。他意识昏沉，时断时续，只得任由他人摆布。

他不知自己何时又昏过去了。当他再次睁眼，已经躺在床上，首先映入眼帘的是两个正瞪大眼珠子瞅着他的男人。一个身材阔壮，身着短衣；另一个年岁大些，穿长衫，戴瓜皮小帽，留着两撮小胡子，像是个师爷。

“你醒了？”师爷模样的人凑近，满脸堆笑。

梦生动了动嘴唇，说不出话来。

“你想要什么？”年长者把耳朵贴在梦生嘴边，皱了皱眉，问，“你是想喝水？”见梦生点头，连忙吩咐小弟盛水。喝完水，梦生向周围看了看。这是一间小平房，无桌无椅，只有一排大通铺，他正躺在靠墙尽里边的位置。床上亦无铺盖，只有稻草和鸡毛混同一处，当作被褥。头顶悬着一张足以覆盖通铺的、同样用鸡毛和稻草编织成的大毯子。墙上挂着几只大笊篱。除此之外，就只有几个破柳条箱堆在墙角。屋子里弥漫着排泄物的霉馊味。门口燃着煤球炉子，让他感到温暖。

梦生估摸着，这是一间专给穷苦人住的鸡毛店。不过眼前这哥俩究竟是何来路，他还不知晓。起码还活着——梦生渐渐记起受伤前的事情。从城墙上摔下去，非死即残。他试着活动手和脚，还成，能动。然后是双臂和双腿。左臂一动就疼。他以右臂支撑，想从床上坐起来。身子铅一般重。

“大爷，您先好生歇着吧。”年长者看见，赶忙让梦生重新躺下，“您是命大，摔下来的时候正好被一棵大槐树挡住。要是直眉瞪眼地摔下去，早成肉酱了。”

梦生费了很大力气才吐出一个字：“饿。”

“得嘞，我给您弄吃的去。”年长者盯着小弟，后者嘟嘟囔囔不情不愿地出去了。

梦生分不出是白天还是夜晚。屋子里此时只有他们俩人。不大一会儿，小弟回来了，端来了稀粥和用黄纸包的贴饼子和窝窝头。小弟扶梦生起身，靠在墙头。梦生就着小米粥一气吃掉三个贴饼子、两个窝窝头。年长者边啃窝头，边看着梦生吃饭，笑成眯缝眼：“能吃就成，能吃就没事……”

吃完了，梦生躺下，脑袋里的嗡鸣减弱了。

“你们是谁？”梦生极微弱地问。

“我叫大柳，这是我弟弟，叫小柳。”大柳笑着说，“我们兄弟二人是庙会拉洋片的。”

“为何救我？”

“这……”大柳搓了搓手，眼珠瞧向一边，“我们二人虽久混江湖，但也属心善之人，岂有见死不救之理……”

“多谢，日后必将报答。”梦生舔了舔干裂的嘴唇，“我的……”

“放心，”大柳凑到梦生面前，神秘兮兮道：“那两件火器我都替您藏好了，不必担忧。”

梦生在这间鸡毛店里躺了三天。这些天里，他身体恢复得相当快，简直有些惊人。您就像是刚刚发育的小伙子，大柳如此说道。他失去知觉的左臂也渐渐可以活动了，但仍不太灵便。第四天下午，他已经能在别人的搀扶下走动几步了。

鸡毛店里住的全是些行走江湖的生意人。变戏法的、卖药的、卖估衣的、卖梳篦的、唱大鼓书的、说相声的、算卦相面的、打把式卖艺的……人们来来去去，争吵不休，互帮互助，俨然一个微型会馆。梦生从大柳口中得知，这儿被称为“生意下处”，南来北往的都是“吃张口饭”的江湖人，外行人没有介绍是进不来的。大家白天里各行其是，晚上回来聚到此地，煮一大锅烂肉面——大锅手擀面，浇上猪肉杠、羊肉床子剩下的下脚料熬成的高汤，搭配以催人泪下的辣子，足以让人吃得脊梁冒汗。每到吃饭时，小柳便取下墙上的笊篱，负责给每个人盛面条。人们端着热气腾腾的大碗，吸溜吸溜地吞咽面条，顾不上说话。整间房都被面条的热气胀满了。

睡觉时，有人把头顶的大毯子缓缓降下，正好盖住所有睡在通铺上的人。十几个人挤在一起，呼吸着彼此身上的臭味，说着粗俗的玩笑，倒也十分暖和。月至中天，房里已是鼾声一片。

梦生又做了梦。还是那条小路，还是燃烧的房屋与天幕，还是那首回荡在耳边的谣曲，不同的是，梦里出现了另一个人。是一个女子，身着白衣，周身闪烁着朦胧的荧光。她的面目很模糊，有时像是唐盼，有时又像是另外的人。她站在山坡上，望着那片火光，似乎并不惊慌。“快跑！”梦生朝她呼喊道。她懵懂地往梦生这边看看，不为所动。他想冲过去，拉住她，跟她一起跑。可是山坡变得高耸陡峭，任他四肢着地也攀不动分毫。梦生心急如焚，猛地睁开眼睛。

窗外天色微冥，睡觉的人们还未醒来。梦生叹了口气。

“怎么回事？”睡在他左侧的大柳发现了异常。

“老毛病。”梦生说。

“放心，我不会声张。”大柳嘿嘿笑着，“把裤子脱了。”

趁着众人未醒，大柳拿着梦生的裤子钻出铺盖，到外面的小河沟里清洗。回来时，大柳取了一件自己的褂裤给梦生穿。

“我只要一做那个梦就会这样……”梦生有些惭愧地解释道。

“打住打住！”大柳忽然神色大变，打断梦生，“别跟我说这个。”

看着他慌张的样子，梦生觉得十分奇怪。

大柳镇定下来，解释说，江湖人有自己的迷信，管做梦叫“团黄粱子”，每日中午前，如果有谁说做了梦，那是很不吉利的。这是很久以前就传下来的规矩。

“看来今天我是出不去了，否则总得倒霉。”大柳意兴阑珊地说。

“对不住，是我不懂规矩。”梦生说，“等我缓过这阵，一定加倍补偿。”

“这是哪儿的话，”大柳忙赔笑道，“毕竟您不是这行的人，您是做大事的。今日我就当陪您解解闷儿了。”

大柳搀扶梦生到屋外。天气又冷了几分，薄薄的阳光照在皮肤上，只感到些许虚假的暖意。这是梦生受伤后头回出门。他望着近旁的树林，高大的松树遮蔽了不远处的城墙，间或掺杂着几棵火红的枫树，一时竟有恍如隔世之感。

他转过头。这间鸡毛店是一座简陋的土坯房，与其他几间土房毗邻。有三四头骆驼正站在树荫下静悄悄地咀嚼草料。大柳招呼来小柳，然后又搬出一只盖着蓝布的大箱子。小柳掀开布，原来是一只四开门的木质洋片箱子，镶有四面玻璃镜。

大柳搬来板凳，叫梦生挨洋片箱子坐下，趴在其中一面玻璃镜前往里瞅。

“我这是‘水箱子’，有意思极了，您瞧好儿吧。”大柳拿出他“圆粘儿”（招徕顾客）的劲头，站在箱子侧后方说道。

梦生往里瞧，果真不是寻常画片，而是几个小人偶。随着大柳的唱腔，人偶也晃晃荡荡活动起来。

“众位看那上边，飘飘悠悠来了两只船，船上头站着的是许仙。许仙游湖来望景，偏上天降大雨，青蛇白蛇，船上头站，许仙搭船来借伞……”唱的是《水漫金山寺》的桥段。接着，大柳往箱子里灌水，水流滴滴答答流入箱内，真如下雨一般。他又拽了几下粗绳，敲响锣鼓，模仿雷声大作。

大柳唱得很是卖力，而且故意荒腔走板，惹人发笑。梦生也忍不住笑起来。

“怎么样，压不压点，夯头子好不好？”唱完，大柳得意扬扬地问。

“我哥是问你，他是不是气派，嗓子好不好。”小柳解释道。

梦生反应过来，笑着说：“绝了。”

大柳心满意足地重将箱子收好，说：“能凭本事挣个仨瓜俩枣的，我也算有福。”他又扯来一把破板凳，跟梦生坐在一起晒太阳。小柳转身进屋了。

“您给我透个实情，为什么救我？”阳光令梦生眯起眼睛。

“明人不说暗话，”大柳露出几颗虫蛀的牙齿，“前些天有算卦的说我今年必有血光之灾，那天我跟小柳无意中碰见您，不是说‘救人一命胜造七级浮屠’吗，我想着救了您，估计能有个破解。就是这么回事儿。”

说罢，他与梦生对视一眼，二人哈哈大笑。

“可行，可行。”梦生笑着说。

那天阳光充足，风也不大，晴空中有两只“沙燕儿”不远不近地飘着。他和大柳默默地坐着，不再说话。梦生注视着那两只小风筝，过往的种种又如暗涡般蠢蠢欲动。他强迫自己中止了思绪，尽量往目极处眺望。他真想融进这片蔚蓝里。

哦，我还想起父亲曾给我看过的一张地理图。厚厚的羊皮纸，上面全是洋文。父亲说，这是一个法兰西传教士送给他的。这是哪儿？我指着图上一处画着一座大城池的地方问。

这是京城，父亲说。

六

梦生很快就融入了生意下处的生活。

大柳在下处里是个受人尊敬的角色，不仅因为资历老，更重要的是他乐于广交朋友，混了个好人缘，并且跟下处的房东有交情。他虽然靠嘴吃饭，但从不会去做坑蒙拐骗的勾当，相对的，别人也甭想欺负他。凭这份气定神闲，大柳在下处拥有一定发言权，这也是梦生这个外人能够住进来的原因。

他们并不常聊天——拉洋片在艺人里也算苦差事，连说带唱却挣不了几个钱，还得每天背着几十斤重的箱子走南闯北。比起相面先生来，拉洋片绝对是笨功夫。因此，大柳和小柳每天早出晚归，往往回到下处就累得瘫倒在床上。

梦生的身子已经好了七八分。他想要离开，但不知能去哪里。

“如果不介意这里的脏乱，不如先住在此处，彼此还能有个照应。等找到合适的住处再去不迟。”大柳察觉出了梦生的意思，主动说道。

马金钩和左轮手枪都被大柳藏在了附近的一棵松树上。梦生取下手枪，查看一番，还剩一发子弹。

那天，他又去了一趟北城隍庙。那条夹道还是冷冷清清，不见赵瞎子的影子。他心更凉了，知道燕社内部一定事态严重。转而他想到了在会贤堂冉公子说的那些奇怪的话，心中更是纷乱如麻。

晚晌，他摸进了羊肉胡同的旅店中。那个伙计正用小盅就着一把半空儿[1]喝酒。煤油灯很暗，把墙照得一片昏黄，好似沾满了油渍。

“你是谁？”伙计醉眼蒙眬，盯着朝他走来的梦生。

“打听个事。”梦生站在他面前，“最近有人来找我吗？”

“是你？”伙计打了个酒嗝，想站起身，肩膀一斜又坐下了。

“有，”他夸张地点着头，“有人找。”

“是谁？”梦生忙问道。

“不知道……”旅店伙计挥了挥手。

“他什么也没说？”

“没说，有三个人，什么也没说就上去了。”伙计指了指楼梯，“进了房间，您不在……他们问我您去了哪儿，我说我怎么知道，好多天没影儿了……”

梦生的期望彻底沉下去了。从伙计的描述中，他们并不像燕社的人，倒很有可能是官府或宗社党那帮人。出于某些还未确定的原因，他已暴露身份——梦生心知肚明。现在最保险的办法是先离开这个是非之地，到外地去躲一躲。可是，事情往往不

1 半空儿：颗粒不饱满的瘪壳花生。

这么简单。刺杀任务还未取消，燕社又发生了诡异状况，此时一走了之并非上策。

走出旅店，梦生心中无所适从。街道两侧的甬道上，有几名女子和小儿正在焚烧用五色纸裁制成的寒衣，祭奠亡人。火光伴随着哭声，舔舐纸衣，吐出纸灰，飘荡于夜空。梦生穿行在如雪片般飞舞的灰烬中，觉着自己与孤魂野鬼并无差别。市街旁的店铺门口挂着灯笼与招牌，其余部分则陷入晦暗。

那晚，他回到下处，感觉到与往常不同的氛围——所有人都并排坐在大通铺上，脸色阴沉，一声不吭。房间里只有两三盏煤油灯亮着，孤零零的火光随着流动的空气而左右摇曳，阴影的角度随之变化不定，房间也仿佛变得忽大忽小，好似瞬间就会成为另一番模样。

梦生迈进门，所有人像是受到了谁的指示，一齐抬起头，盯住他。紧张的氛围如同绷紧的弓弦，压得人透不过气来。他刚想开口说话，两个躲在暗中的人影从他背后袭来，分别扭住他的双臂，将梦生摁倒在地。另外一个打把式的急忙跑来，手中拿着粗草绳，把梦生像是捆粽子般绑了个结实。

梦生在地上无望地扭动，脸上粘着几撮被汗水浸湿的鸡毛。

有人起身，走到他面前，咳嗽几声。梦生将脖颈仰到极致，勉强看清是大柳。

“不要怕，我们大伙儿只是有事想问……”大柳面色尴尬，回头看了看依然沉默不语的同伴们。没人应和，只有如昆虫爬动般压低声音的窃窃私语。

“到底是怎么回事？”梦生大喊起来。有人把下处的门关上。

大柳手持一盏油灯，从床上取下一张报纸，摆在梦生面前。借着灯光，梦生看到是张几日前的《顺天时报》。上面印有相片，照得不甚清晰，黑乎乎的，但标题很醒目：鬼市特大火并，四人命丧黄泉。

“敢问……这是你干的？”大柳声音有些颤抖。

“我以为你们早就知道了。”梦生叹了口气。

江湖艺人们中间发出一阵骚动。

“我们平日哪有闲钱买报纸？”大柳口气多了一丝责备，“如果不是小柳无意中捡到这份旧报，我们还蒙在鼓里。”

梦生不再言语。他闭上眼，等待命运的裁决。

“你是帮派分子？”大柳问。

“我不能说。”

“为什么要杀他们？”

“复仇。”

“他们是你的仇人？”

“不知道。”

“这是什么意思？”大柳愈加愤懑，“大伙儿只是想知道究竟发生了什么，毕竟你在这儿住了这么些日子，没想到你竟然身负血债……”

那天晚上，我变得不是我自己了。梦生想这样说。确实如此，他回想那夜，当他出现在城墙上，手中紧握着枪走向那几个小贩时，他似乎不再有思想，不再受自己控制，没有了过往与未来，一心只想把枪里的子弹射出去，射进那脆弱的、填满着血液与骨骼的躯体里。他觉得自己被压抑得太久了。

然而，当他冷静下来，痛苦与困惑攫住了他。当时的狂热早已逝去，当他事后再去回想，感受到的已非复仇的快感，而是深深的恐惧与恶心——自己的所作所为与那些闯进他命运、杀害了他父母的人有何不同？

这些话他无从诉说。他宁可保持缄默。

“大哥，拿个主意吧。”是小柳的声音。他站在倒地的梦生旁边，刚刚拿绳子过来的正是他。

大柳举着煤油灯，像是一尊泥塑定住，紧紧地咬着后槽牙，腮帮子显得坚硬而凸出。

“不如把他交给花腰[1]！”打把式的说道。他的话引起一片赞同。

“不行！”一个相面先生慢悠悠地踱步而出，“谁知道他有没有同伙？把他交给官府，我们也得玩儿完。不如把他做掉，扔进太平湖，神不知鬼不觉，一了百了。”大家听后纷纷点头不语。

“可是这样一来，就真的没有回旋余地了……”卖药的小个子摸着下巴，担忧地说。

争论陷入了僵局。这群人不知何时都从床铺上起来，挤挤挨挨围成半圈。圈里的是拿油灯不语的大柳，还有他脚下被两个

1　花腰：指警察。

大汉摁住的梦生。大柳盯着梦生，眼眸中闪烁着火光，旧报纸已经被他揉捏成一团。外面传来了几声鸡叫和鸟鸣，蒙晦的光透进来，将窗纸照得又白又亮。

“如果大哥下不了决心，那就我来。”小柳站出来说道，“不能让他拖累大伙儿。”

“等等。”大柳终于开口，有气无力地说，“先看住他，我去找双先生。”

听到“双先生”这个名字，屋里的讨论一时间静止了。大柳熄灭灯盏，匆匆走向门外，又站住，回头道：“我回来前，不要轻举妄动。”

等待的时间漫长且煎熬。下处里的人们有的摇着头回到床上，有的仍站在原地，面色苍白，好似大祸临头。一夜未眠，每个人都浮现出焦虑和困倦。小柳和打把式的守着门，眼睛死死盯着躺在地上的梦生，而后者只是闭着眼，似乎睡着了，或不想再多说一句。

大柳迟迟未归。小柳走过来，强行用手掰起梦生的下巴，将绳子套在他的脖子上。

“你疯了？”有人惊呼道。

小柳瞪大了眼睛，像是得了癔症，浑身都哆嗦起来，同时勒紧了手中的绳子，自言自语道：“这个人早晚会给我们带来灾祸……”

这时，门外响起脚步声，接着便有人打门。

“是我。”大柳小声从门缝里说道。小柳连忙丢开绳子去开门。

跟大柳一同进屋的，是一个头戴西洋礼帽、手持文明棍、身穿长袍马褂的人。他脚步轻快地走到梦生面前，蹲下身，摘掉帽子，端详着梦生的脸庞。

“咱们果然又见面了。”那人笑道。

与第一次见面时一样，双寒冰依然是那副神采奕奕的神气。他面带微笑，绕着梦生走了一圈，好似在欣赏一件工艺品。在这种场合下相见，梦生很是诧异。他的四肢都被束缚着，只能歪着脖子，用眼睛跟随着双寒冰的一举一动。终于，他停下来，感到满意似的点了点头，对大柳说：“解了吧。”

“可是……”大柳有些犹豫，可还是听从吩咐，叫人松开了绑住梦生的绳子。小柳急忙躲藏到众人身后。梦生慢慢站起来，活动脖子和手脚，拍了拍沾满身的草屑，眼睛仍盯住双寒冰。

“你不用怕，他们都是我的朋友。”双寒冰说，“你的事大柳都跟我讲了。”

梦生低头，看着自己被勒红的手腕。

“你们杀我，或把我押送官府，我不会有怨言。”梦生说道。

“据我所知，警察厅并未追捕你，甚至都不知道有你这么个人。他们目前正忙着更要紧的事。”

“更要紧的事？”梦生觉得新鲜。

“跟我走你自会知晓。”

“跟你走？”

“放心，我必不会害你。”说着，双寒冰冲屋里的人拱了拱手，说道："这些天麻烦大伙儿了，人我带走，这事不能对外人说。"

"请双先生放心。"屋里的老合们应道。

"你要把我带哪儿去？"梦生心中疑惑。双寒冰不作声，一把抓住梦生袖子，将他强行拖拽到门外。

初冬枯黄的草地上，站着两头肋骨分明的毛驴。

"请上驴。"双寒冰恭敬地做了一个邀请的手势，然后戴上礼帽，撩起长袍，自己先骑上毛驴。

梦生看着眼前这头置身事外的驴子，一时不知如何是好。双寒冰已经骑驴慢悠悠地走到前面，他回过头，大声喊道："快些吧，要不该赶不上趟儿了。"

京城冬季的天穹有些许阴霾。云团混沌，如翻涌的浪潮忽然凝固。风撕扯着云层边缘，像是拉扯破旧的棉絮，又如一面清澈的灰色铜镜上留下的轻微划痕。苍穹之下，是京城星罗密布的街道与房屋。屋檐的瓦垄也呈现出灰暗的色调，相互扣拢在一处的瓦片像是吸收了从天际散布的寒气，看起来很是沉重。曾经，京城的屋顶全都紧凑而低矮，这是因为规定不能超过皇城的高度，以免民人窥探。现如今，皇朝倾覆，建筑便修筑得不那么谨慎了。三、四层甚至更高的洋楼也已随处可见。广厦之间，飘动着琳琅满目的商铺招牌，人们往来穿梭，走在因冬季到来而变得逐渐干硬的土路上。天还不算太冷，但骡马的身上已泛起丝丝缕缕的白气。

行人、担夫、人力车、汽车，还有那些引壶卖浆的小贩，全都拥挤在同一条道路上。双寒冰与梦生，一前一后，骑着毛驴，走上甬道。挂在毛驴脖颈下有一只小铜铃，随着摇摆一路响动，很是悦耳。梦生看着双寒冰的背影，还是搞不懂他究竟意欲何为、去往何处。可是，有种奇怪的感觉引导着他，让他尽管疑惑但仍跟在双寒冰的身后。

他们一路东行。双寒冰悠闲地观望路旁的景物，不时用细鞭拍打毛驴的臀部，偶遇相识的人，便脱帽致意，那样子与一名出游踏青的田舍翁无异。快到西长安街时，路上的人骤然增多，以至人头攒动。从服装打扮上看，他们身份各异，有学生、工人、商人、政府人员，外面则围了一层维持秩序的巡警，还有排成长列的人力车。几乎所有人手里都挥舞着彩旗、标语和横幅，在风中猎猎作响。

双寒冰勒住缰绳，等着梦生赶上来。

凑近了，梦生看清标语上的字——“世界大同”“为世界造和平，为人类谋幸福”“公理战胜强权”等等，还有不少英文和拉丁文。许多人的面孔都透露出坚毅而光彩的神色，彼此交谈着，好像在谋划着一件重大且值得振奋的事。

“怎么回事？”梦生与双寒冰并齐，观望人群。

“欧战胜了。”

“谁胜了？”

“协约国胜了。”双寒冰说，“中国也是协约国，所以中国也胜了。”

虽然中国在欧战快要结束时才急急加入，也没有派遣军队，而是以工代战，但到底是获得了战胜国的名分。

“公理战胜强权？”双寒冰用皮鞭指了指那则标语，“公理若真的就此战胜了强权，那来得也未免太容易了些。”

双寒冰说罢鞭打驴臀，驱入杂沓的人群中，口中高喊：“劳驾，劳驾！”梦生紧随其后。

很快，过了御河上的石桥，他们到了中央公园[1]门口。双寒冰下驴，拍了拍驴头，那畜生便默默转身，朝相反的方向走去。梦生也依此照做——即使没有脚夫，毛驴到了目的地，也可自行回到驴口儿。驴的犟脾气并不怕半道被人牵走。

公园门口有售票处，铜圆十枚逛一天。进了门，在水法池旁边，站着七八个杠夫，刚刚把几块白色大石料卸下来，正在休息，旁边有不少人围观。双寒冰上前询问，得知这几块石料是从东单牌楼北面米市大街的石头牌坊拆下来的。那石头牌坊本叫“克林德碑”，庚子年间，德国公使克林德被拳民杀死，后来，德国逼着清政府为克林德修建了一座横跨东单北大街的石头牌坊，以示纪念。这座牌坊被京城民众视为“国耻”，因此只称之为“石头牌坊”。这回德国战败，人们终于可以一雪前耻，首先便将石头牌坊拆除，石料拉到中央公园，再做打算。

中央公园本为前清皇室的社稷坛，是皇帝祭祀土地神和五谷神的地方。变政后被民国政府辟为公园，立刻就成为京中各路

1　中央公园：今中山公园。

人士的聚集场所。往北走，可见台球房、餐厅和名为“来今雨轩”的著名大茶楼。继续走，路两旁栽种着不少辽金时代的古柏和古槐，已经活了六七百年。双寒冰带着梦生穿小径、绕假山，来到公园西侧。那里有一座方亭，被竹篱围住，四周皆是树林，仿佛置身乡野。方亭旁有土山，底下建有一溜儿房屋。房屋对面是片林中空地，苍柏掩映中站着上百名学生模样的青年男女，围住一个临时搭建的台子，上面站着个穿黑棉袍，留平头、八字胡，戴小圆眼镜的教授模样的方脸男子，正在高声宣讲着什么。

“赶上了。”双寒冰松了口气似的说道。

那名男子讲得十分激动，声音回荡在四周的土山、小树林和凉亭之间，被放大了数倍。青年学生们肃穆地听着，不时交头接耳几番。梦生跟着双寒冰挤进人堆里。每当那男子短暂地停下来，下面都会爆发出热烈的掌声和呼喊。

“我老老实实讲一句话，这回战胜的，不是联合国的武力，是世界人类的新精神。不是哪一国的军阀或资本家的政府，是全世界的庶民……这新纪元的世界改造，就是这样开始。资本主义就是这样失败，劳工主义就是这样战胜。”

到最后，他几乎快要讲不下去了。不知是过于激动还是劳累，他剧烈地咳嗽着。有人将他扶下去。底下的青年学生仍聚集着，兴高采烈地讨论一些梦生并不太明白的问题。

“这是北京大学组织的演讲。”双寒冰对梦生说，“这几天每天都有。”

“你赶过来也是为了听演讲？”

“不光听，还得记。”双寒冰扫了一眼周围的不愿散去的学生。说着，他取出一张名片，递给梦生。上面写着“日下新闻，记者，双寒冰”等字样。

“原来你是记者。”梦生反复看着名片，好像生怕错漏了什么。

“小报记者，糊口而已。”

“我在报纸上看到过你的小说。”

“那就更不值一提。”

“刚才那个人说的，你听懂了吗？”梦生指了指讲台。

“懂与不懂都没关系。我只负责诌几百字文章，交差了事。”

他们走到空地近旁的屋舍前。这些房屋彼此相邻，有数十楹。双寒冰用文明棍指指点点，为梦生一一介绍：“这是柏斯馨，这是春明馆，这是上林春，这是绘影楼……这边几间就是我们报馆，我带你过去看看。”

报馆共有五间廊房，除了报馆总理的房间，另外四间都放着两张床，其中一间供馆役居住，其余住的是编辑、记者和账房。

“这是你的房间。”双寒冰推开馆役的房门，对梦生说道，“活儿很轻松，报馆平时没什么事做，编辑和记者一般晚上才回来。打理卫生，烧炉子，看管财务。每月有固定薪酬。”

房间里除了床和书架，没别的摆设。床上堆放着油污的寝具。

“我住对面，有事可随时找我。”双寒冰挑起帘子，转身出去了。

梦生坐在床上，看着从窗户射进来的光束，里面烟尘飘荡。

他躺下，想小睡一会儿，却怎么也睡不着。外面总能听见来来去去的脚步声和听不太真切的交谈声，搞得他紧张而烦躁。他下床，来到门外，看见双寒冰挂着湖色软帘的房门半开着。他站在台阶上想了想。

“进来吧！”屋里的人喊道。梦生便不再犹豫，推门而入。

屋内空间不大，一眼就可尽收眼底，让人感觉一片狼藉。双寒冰既没有躺在床上，也没有坐在书桌前，而是仰面平躺在地上，身下铺了一张夏天才用的大竹席。他手里拿着一本《杜宾侦探案》，正津津有味地读着，身旁横七竖八地堆放着许多志怪、侦探、科学类的小说，还有不知从哪儿收集来的众多中外画报、书刊、唱本，其中有几本倒扣着，似乎是读了一半就随手撂下了。双寒冰跷着二郎腿，置身于书本的包围中。此外，两只大桃木书架、书桌和床上也全都堆满了书。

双寒冰手捻书页，放低书本，瞅着梦生。

“为什么要帮我？”梦生站在门口。屋里随处乱扔的书籍几乎使他没有能下脚的地方。

“我为报纸写了两年江湖艺人的专栏，早跟他们混成了哥们儿。遇到棘手的事，他们自然会想到在下。”

梦生还想问什么，但又觉无话可说，便掀起帘子准备离开。这时，他听到双寒冰说道：“等等，我还有件事要问你。”

梦生缓缓放下门帘，转过身，等待着。

“鬼市的事，确实是你做的？”双寒冰放下手中的书，问道。

“确实是我。”

“为什么？”

梦生不语。

“如果你不想说，我不会强迫你。”

梦生叹了口气。自从鬼市的事发生后，他从没有跟旁人说起过。如果是以往，他会对社首讲，可是现在连社首也不知去向。多少年来，他早已习惯作为刺客的本职就是夺人性命。然而，今时不同以往，以前他只是将自己看成一个工具，与那些科点儿素不相识，不用背负额外的爱憎情仇。他喜欢这种超然的位置，就像一次洪水、一次地震、一次意外的疾病，他扮演的就是这样一种近乎天命轮回的角色。

梦生脱下鞋子，盘腿坐在竹席上。双寒冰也端正起来。梦生将与唐盼相关的前因后果讲述出来，只不过掐头去尾，隐蔽了自己的真实身份，和他光顾口袋胡同大院的真实目的。说完后，他确实感觉舒服了些。

“看不出你还是颗情种。”双寒冰连连点头。

梦生有些筋疲力尽。他摇摇晃晃站起身。

“拿几本书读读吧，闲来无事可以解闷。”双寒冰说。

“多谢，我想要你刚才读的那本。”

“《杜宾侦探案》？”双寒冰笑起来，“你可真会挑。拿去吧。”

回到自己屋中，梦生翻看这个署名爱伦蒲[1]的美国作家写的侦探小说。读完第一篇故事，梦生揉了揉眼睛，吹灭油灯。恍惚

1　爱伦蒲：今译爱伦·坡。

中，他来到一处幽暗的住宅。周围静极了，只有踩在地板和楼梯上面的吱嘎声。他以为自己又回到了那家旅店，但很快意识到并不是，因为楼梯仿佛无穷无尽，任他攀登多久也到不了终点。在他的头顶上，隐隐传来交谈声，好像有人在密谋着什么。他有些心焦，想尽快到上面去一探究竟，却怎么也走不完，阶梯在他脚下好似能够自行繁殖——刚走完一阶，前头又生出五阶。梦生越走越心灰意冷，他的身体两侧全都陷落黑暗，无所倚傍。

就在他感到绝望时，毫无征兆的，忽然就到了顶端。他来到了一间小阁楼似的低矮、逼仄的屋子里。屋顶悬着一盏昏暗的电灯，照着底下的几个人。他们围成一圈，沉默无语，将双手交叉放在胸前，像是教会的神父在祷告。梦生慢慢走过去，发现中间躺着一名赤身裸体的女子。女子皮肤苍白，映着电灯的荧光。

梦生赶上前，想起来此的目的——他要杀掉这屋子里的人。于是他举起手枪，从背后将这几个神父模样的人射杀。奇怪的是，当第一个人倒下时，其他的人似乎无动于衷，仍在向女子默哀，温顺地等待着死亡来临。于是，梦生像在打树桩子一样，随心所欲地开枪。所有人倒下后，梦生将其中一个人翻开，才看清那人竟是父亲。他哀恸地伏在父亲的尸身上，口中默念着“我没有办法”，仿佛在请求父亲的原谅。

“在梦里是你杀死了父亲，有趣，有趣。”

次日一早，在柏斯馨的餐桌上，双寒冰如同听到了一出好戏，忍不住拍了几下桌子，但并未引起旁人的注意。邻桌的几个佩戴北大校徽的男女正在激烈地讨论着什么，以至于面红耳赤。事实上，这里的每个人——大多是青年人——都在以一种空前热烈的态度与对方交谈。所有的声音（交谈声、餐具碰撞声、走动声……）在不大的空间里汇聚，产生了敲击铜锣后尾音持续震颤的嗡鸣效果。

梦生用银叉搅拌着盘子里的咖喱饺——柏斯馨的特色番菜，但他不太习惯这种味道，况且，也毫无食欲。

“梦可以暴露出人内心的秘密。”双寒冰凑近前来，脸上带着诡秘的笑，“你可听说过奥国的福留特[1]博士？”

梦生摇了摇头。

“他写过一本专门说梦的书，‘吾人所不愿见之者，及至吾人所欲为所欲得者，常于梦中实现之’。意思是，经过梦，可以知道你内心的真实想法，甚或这些想法连你自个儿都不清楚。”

“是个洋相士？”

“按人家的说法，这叫‘潜在之精神’的科学。”双寒冰举起手，招呼女招待，又点了一盘牛肉空心粉。

梦生对这里的一切都很新奇。据双寒冰说，柏斯馨是学生、教授和新派人物经常出没的地方，他们在这里毫无忌惮地谈论国家大事，讨论新出版的小说，写白话诗，喝咖啡，举办辩论赛。此前，梦生从未接触过这类人，他以一种误入异域的好奇心态打量着这里的人，他们在为着各种事情发表时而愤慨、失落又斗志

1 福留特：今译弗洛伊德。

昂扬的高谈阔论，尽管多数时候他根本听不懂他们在说什么。

“你梦到阁楼和杀人，或许与你昨晚读的爱伦蒲的小说有关，那篇小说写的正是一对母女惨死于家中，你将小说里的氛围带入了梦里。”

柏斯馨的客人总是来来往往、络绎不绝。邻桌的学生们走了，换成了三个穿长袍的中年男子。他们似乎与双寒冰相熟，见到后拱手致意。

“这是新来的馆役，我的朋友。”双寒冰对那三个男子介绍道，转而对梦生说：“这三位先生是我报馆的同僚，在京城报界都是响当当的人物，日下新闻不过是兼职。”

“过奖，无名鼠辈罢了。”三位编辑笑着摆摆手，分别落座、点餐。

其中一人掏出一本卷得皱巴巴的书刊，扭过身冲双寒冰说：“双兄可曾读过这一期？”

双寒冰接过这本薄薄的刊物翻了几下，梦生看到封面上印着“新青年”三个大字。“这期我早已读过了。”双寒冰将书放在桌子上。

“兄认为如何？”

“胡博士的《论短篇小说》很有见地，周作人翻译的《贞操论》更是十分大胆，据说已经引发舆论纷争。不过本人感触最深的，却是那篇稍显寂寞的《狂人日记》。”

“所见略同啊！”那人激动地一拍大腿，“读完此篇，我真是又喜又忧。喜的是新文学有望，忧的是全篇俱是真言，却无可奈何。”

“喝酒，喝酒。”双寒冰笑着说道。

“可惜这篇至今未有反响，我虽到处力荐，怎奈人微言轻。”那人叹息道。

“人有人命，文有文命。少安毋躁，来日方长。”

“双兄快成格言家了，不如这公园内的格言亭也加上你一笔好了。”那人笑着将书取回，转回身去。菜已上桌，梦生听到那三个人继续聊天。

“鲁迅是谁？”

“不知道。不过依着我的看法，作者还是太过偏激。满本都写着吃人？在下古人走狗，不敢苟同。”

“哈哈，你俩可为此打一架？”

“何至如此！你又打趣我。吃菜，吃菜。”

三人谈兴颇浓，不觉间已忘了双寒冰和梦生的存在。双寒冰用餐巾擦了擦嘴角，说道：“吃好了？我们透透气去。”

他们二人走出柏斯馨，登上附近的山坡，在亭中稍坐。夏日，这里是避暑的好地方，向北可望见悠悠流淌的御河、红色宫墙和金灿灿的琉璃瓦，安宁祥静，在晴湛的天空下有些许梦幻的意味。入冬后，公园内游人寥寥，他们下了山，晃悠到社稷坛，只有一家三口在五色土方坛的台阶前休息，人手一只烤白薯。坛南门有几间房屋作为卫生陈列所，内设许多玻璃橱窗，向游人展示各类动物标本。梦生走到一只鹿头标本前，见下方的小牌子上写着：**日本国男爵　山内丰成　捐赠**。

“山内丰成……”梦生愣在那里，默念着这个名字。

“怎么，你认识他？”双寒冰问道。

梦生没有说话，走出卫生陈列所的大门。双寒冰递给他一支炮台烟，划了洋火点着。梦生以前没抽过洋烟，呛了几口。那个四五岁大的女孩嘴边沾满白薯瓤，正在坛内的杂草丛里乱跑，见梦生咳嗽，便冲他哈哈大笑。她的父母坐在石阶上看着。风缓缓吹过，男人将短袄披在妻的身上。过了一会儿，男人站起身，呼喊女孩的名字。小女孩跑过去，牵住了父亲的手指。

比起同龄的孩子，我显得安静沉默，喜欢一个人待在某处，玩弄手上的小物件——有时是父亲买给我的玩物，有时不过是一块石头、一片落叶。在别的孩子打闹玩耍时，我会一个人来到田间，观察落在树枝上的翠鸟，哼唧哼唧拱地的猪猡，还有平稳飞行不受风阻的蜻蜓。回到家，也只是读书，或者翻看父亲朋友从上海带来的《小孩月报》和《花图新报》里的插图。

塾师对我很好，不仅仅因为他平日受到父亲的接济，我甚至觉得他把我当成了自己的孩子。或许，他对今后将发生的命运已然有了预感？后来，那件事发生后，我被一家好心的棉农收留，藏在家中。我陆续从人们口中得知，那些闯入我家的人，是邻镇的张家人。张家经营棉业，与父亲在生意上有隙，渐生恨意。当时京师大乱，皇帝、皇太后西狩，张家人竟趁乱引来拳民，诬陷父亲勾结教民，并且搜出了证据——褡裢表、西洋人的地理图，还有教会办的《小孩月报》《万国公报》等报刊。

那些天，我失去了说话的能力，整整十多天如死人般毫无知觉。那家棉农害怕拳民觉察，惹祸上身，于是将我又送到了塾师家中藏匿。塾师年近七十，之前屡试不第，只好在村中当了私塾先生，附近一带颇有威望。他熟读孔孟，常教导我们『浩然之气』『威武不能屈』之语。我还记得，当我站到他面前，他连声叹气，却又激动得浑身哆嗦。他并没有说那些平日教给我们的话，而是不住地说道：凶岁，子弟多暴。没想到老朽今生也能做一回程婴。

七

梦生站在清晨的树林子里，看着薄雾慢慢升起来。

天冷下去，公园里的游客少了，但前来遛鸟的人却逐日增多。养鸟讲究清口、净口，中央公园三教九流人员混杂，笼中的鸟儿很容易便学了脏，那就分文不值。到了冬景天，游客变少，这里反而成了遛鸟的好去处。养鸟人士聚在林子里，带上自己心爱的百灵或画眉，以鸟类区分，各自为政，与同好互相交流心得体会。一大早，公园里叽叽喳喳叫个不停，随处可见提溜着鸟笼、前摇后摆的遛鸟人。

梦生在此已住了多日。他的工作很清闲，烧炉子、烧开水、买早点、扫门前落叶，大多数时候无所事事，过得像是出家人。只有双寒冰每天都住在寓所里，其他编辑经常一连数日都见不到人。他们往往结伴而来，忙叨一阵子后又结伴而去。

做完杂事，梦生喜欢去树林的亭子坐一会儿。鸟鸣声令他安心。附近的遛鸟人从不与他搭讪，他也只是静静地坐着，看天上的云朵或是远处的宫殿，双方相安无事。有时，他能在这里坐上大半天，直到暮色降临。冷了或是坐累了，他就站起身，在公园里随处闲逛。

公园里的日子是平静而安逸的。在这一成不变的日子里，梦生发现他可以什么也不去想。景色看腻了，他就去行健会的台球房里打球、滑旱冰，然后回到寓所看书。他从双寒冰处借了许多小说，完全沉浸在书中光怪陆离的世界里。

但是，某种阴影无时无刻不在伴随着他——他觉得自己正在过着本不属于自己的生活。实在是太安逸了，按部就班，无波无澜，安稳得令他害怕。他深知无法长久，随时都会被打破。可是，究竟什么才是真正属于自己的生活呢？某些时刻，他躺在林中空地上，凝望着高大的松柏伸向中空，鸟雀穿透云层，天幕合围，像是一只巨大的蔚蓝色罩子拢住世间万物。寰宇是一颗球，这句话突然进入他的脑海。是谁对他这么说过？他坐起身，后背沾满了草屑。周围空寂无人，只有风经过林间，又被细细地滤出。恍惚中他不知自己置身何地与何时。

如果没发生那场变故……在一篇名为“容身”的科学小说里，他读到一名男子借助最先进的激光机器，使自己的面貌和身躯发生完全改变，换成了完全不同的人，从此开启了另一段人生。读到此处，梦生羡慕不已。

那枚褡裢表他一直未去赎回，他似乎强迫自己忘记了这件事。凡是与过去沾边的事物，如今他都一概视若毒蝎。有时，他很乐观地想到，或许这是上天给自己的机会，他真的可以就此逃避过去的一切，就像钻进了那台神奇的机器，过起另外的人生。

那篇小说的作者名叫双寒冰。

薄雾笼罩京城。

“雾是从公园的树林里升起来的。”梦生说。

“你应该去写白话诗。”双寒冰停下笔，望向正前方的玻璃窗。白雾烟一般擦拭着窗子，又仿佛保持着若即若离的距离。他用左手撑住下颌，看得有些呆了。阳光也变得白蒙蒙的。

梦生抬起头，看了看窗外。

刚才，他正在双寒冰的屋子里读《顺天时报》的小说栏目。《电气西游》已经连载到了尾声。大圣与电魔的大战在宇宙中打得昏天黑地，最终大圣占据了上风。但是，决战中，大圣忘记了时间——他们不知不觉打了几百年。人间早已世事流转、物是人非，世界已被电气统治，人类再也无法离开电而生活。

“你打赢了我，”电魔说道，“但我赢得了时间。”

得知这一结果的大圣愣住了。在“电”的世界里，似乎不再有正义与邪恶的区分，有人用电造福人类，也有人用电杀人。他无法分辨“电”这种东西究竟属于善，还是属于恶。

“你如何断定自己代表的就是正义呢？”电魔说道，“你自认为有判别善恶之权，却可能是一种更大的恶。”

面对这样的现实，大圣最终选择了隐遁。他知道即使杀掉电魔，自己也无法扭转使世界运转的“规律”——他终究跳不出这张更大的手掌。

“你觉得写得如何？”双寒冰从椅子上转过身，笑着问道。

“有些地方看不懂。”梦生如实回答。

“无妨，反正稿费到手了，晚上请喝酒。”

梦生放下报纸，在书堆中随意翻找起来。最近一段时间，他读了不少双寒冰的藏书，什么《世界末日记》《法螺先生谭》《新石头记》等等，与他以前接触到的《三侠五义》之类的故事有些许相似，但又全然不同。他被这些文人不循常规的笔法深深吸引。不过，当双寒冰问起他最喜欢哪部时，梦生回答的却是那个小短篇《容身》。这是他无意中在双寒冰收藏的旧报纸上看到的。

“哦？”双寒冰有些惊讶，“那篇你不提它我都快忘了。觉得哪里写得好？”

“如果世间真有那台能将人的面貌完全改变的机器，就再好不过。”

“难道你不喜欢自己的长相？”

“长成什么样无所谓，我只是……”梦生顿了顿，像在寻找措辞，“想换一种活法。”

“机器固然没有，但活法儿还是可以自己选择。”双寒冰径自点了一颗烟。

梦生继续埋头翻书。在一大堆书中，他发现了一册小小的春宫画。

“原来你还好这口儿。”

“什么？”双寒冰瞥了一眼梦生手中的画册，“辟火用的。我这儿书太多了。”

“辟火？”

“所谓‘聚书多惹火’，藏书人每柜必置春画一册以辟火。喜欢的话送你了……什么动静？”

双寒冰止住话，然后撂笔起身，走出门外。雾依然没有消散的迹象，反而愈加厚重。日光涣散成了烟，只显出事物模糊的轮廓。古老的树木变得更加枯瘦与孤寂。从林中空地的方向传来一种特别的声音，是杂沓的马蹄声和车轮吱嘎吱嘎地扭动。从那艰涩而又迟缓的响动里，梦生能够想象出那辆马车的沉重与庞大。双寒冰走下台阶，几乎在雾中消隐。梦生放下画册，也走了出来。他能望见双寒冰隐约的背影和燃烧着的红色烟头。

过了柏斯馨，就来到了空地前。这里果然停着一辆西式马车，三匹黑色的高头大马威风凛凛地站在那里，它们的身后是比普通马车大出两倍有余的车身，像是两节火车车厢，覆盖着厚厚的黑布，布面上挂着宣传画（一名穿短裙露大腿的金发舞女）和条幅，用红粗的字体写着"大亚细亚马戏团"七个大字。

四周围了不少人，打破了冬日公园里的寂静，可以看出有许多人是专程来公园看马戏表演的。人们探头探脑，议论纷纷。这么大的马车，里面装了什么东西？怎么见不到人——只有那辆马车孤零零地立在空地上，却不见有人下来，连车把式也不知去向。

"装神弄鬼。"双寒冰冷笑一声。

这时，车厢前的小门打开了，有什么东西冒出头来——不是人的头颅，却是一头黑熊。有人发出惊呼，围观者纷纷退让。黑熊钻出马车，玩耍似的在草地上悠哉地滚了一圈，忽然直起身形，像人一样背着双手，两腿着地走路，样子十分滑稽。它踱步到马车后面，打开后门，然后像餐厅的侍者般恭敬地站立一旁。

一个穿着白色燕尾服、戴着高筒礼帽的老者跳下车来，面对观众，露出亲切的微笑。他身材清癯，满头银发，看起来已是古稀之年。

“谢谢。”他走到黑熊面前，与它握了握手。黑熊怪叫一声，俯下身躯，又恢复动物模样。

老者拍了拍手，从马车后门又陆续下来三个学徒，简单地搭建了一个木台，然后将一只盛满清水的大水缸置于台上。

“在下韩秉谦，大亚细亚马戏团团长、魔术师是也。”说着，自称韩秉谦的人在学徒的搀扶下走上木台，绕着水缸慢慢走了两圈，环顾观众，“今日雾重，请大家凑近些看。”

梦生和双寒冰拥着人群，将木台围了个严实。韩秉谦满意地点了点头，突然双手扶住缸沿，一头栽入水中。这下来得毫无征兆，以至于人们一时愣住。最早回过神来的几个人蹿上木台，往缸里查看。学徒也不阻拦，只是双手背后，漠然地站于木台两侧。

“人呢？”最早冲到水缸前的人往水里一捞，只捞出了湿漉漉的燕尾服。

与此同时，人群外响起一阵悦耳的铜铃声，有人高喊：“借过，借过！”人群让出路来，只见摇铃者正是韩秉谦。他面带微笑，穿戴着与此前相同的礼服、礼帽，身上并无一处水渍。他再次走上木台，台下掌声雷动。

“怎么看？”梦生问道。

“有趣。”双寒冰点点头，“但所谓魔术，看似玄妙，实则机关重重，避人耳目。所以这在中国被称为‘幻术’。江湖老合们称此类为‘腥活儿’，也就是假的。”

这时，韩秉谦又邀请了一位女士上台来。

学徒撤走水缸，换上两把木椅。椅背相对，让女士的头和双脚分别放在椅面上，身体平放在两把椅子间。“现在我为诸位表演的是本人拿手绝技，催眠术！”韩秉谦来到女士身旁，示意她闭上眼睛，然后在她耳边小声说着什么。说完，他布满褶皱的手掌轻轻地盖在女士的脸上，口中念念有词：“睡吧。告诉我，你很久没有真正的休息了，不是吗？”

“是的。”紧闭双眼的女士以一种梦呓般的口吻回答道。

“你什么也不用想，全身放松，你从来没有这么放松过……”韩秉谦缓缓举起手，手心朝下，停留在女士小腹位置的上方。其中一名学徒跳上台，慢慢挪走搭着她双脚的椅子。椅子取走了，可那个女士仍保持着原先平躺的姿势，双脚悬在那里，好像仍有一把无形的椅子在支撑着。场下传来惊呼声。

韩秉谦的脸上闪过一抹诡异的笑容，猛地撤走女士头枕的椅子。她并未摔下来，而是身体悬浮在木台之上，表情安详，沉沉睡着。韩秉谦从空中一抓，手中便出现一根手杖。他朝台下随意指一人，请那人上来，用手杖在女士周身任意舞动，表示并无丝线牵引。接着，他命学徒将两把椅子重新摆好，俯身在女士耳旁说了什么。女士旋即睁开眼睛，好似刚从梦中清醒，对刚才发生之事浑然不知。台下又是如雷的欢呼声和掌声。

韩秉谦满意地张开双臂，摘下礼帽，向观众鞠躬致意。他挤眉弄眼地朝观众说道："如果想看更精彩的表演，可以来我的马车里，不过另要付钱。"说完，两名学徒将他搀扶下去休息，换上了由徒弟们表演的驯黑熊和滑稽戏等常规节目。

"小时候我看过马戏和魔术，但没今日这般精彩。"梦生对双寒冰说。某个瞬间，他感到自己又回到了河间的庙会上。他看着身旁鼓掌的人群，觉得有几分不真实，动作与声音也忽而变得遥远，就像置身于一场梦中。他看向马车的方向，看到在车夫的座位上，不知何时出现了一个身影。刚才，所有人的注意力都被台上的表演吸引了，没人知道那个身影是什么时候出现的。梦生看见了，顿时嗓子发紧。

一个黑人，正坐在马车前抽烟。

梦生挤开人群，如同梦游般朝马车走去。黑人注意到了他，黑白分明的眼睛定在梦生的身上。有一匹马突然显得躁郁不安，黑人抚摸鬃毛，轻轻安抚着。

梦生走到黑人的面前。离近了，他才看清黑人脸上的褶皱纹路，还有那稀少而卷曲的头发和胡须也已变白，像是落在煤炭里的片片雪花。

他们对视着。

黑人扔掉烟蒂，露出夸张的笑容，冲梦生道："你……进吗？"说着指了指身后的马车。

梦生摇了摇头。他想要开口说什么，但却只是摇头。半晌，他忽然笑了起来。黑人不明所以，问道："笑什么？"

"我想起了一件旧事。"梦生说着，抬头凝视黑人的容貌，

“你也老了。”

入夜时分，双寒冰拉着梦生直奔东安门丁字街的义聚成大酒缸。还没到地儿，远远的已能闻到喧闹声。黄色的灯光从临街的一扇门前泼洒出来，透着股温馨，好似在等待夜归人。门上方飘荡着幌子，上书“太白遗风”四个大字。

“就这儿了。”双寒冰迫不及待地掀起门帘。

热气扑面，与街上的寒凉形成鲜明比对。酒的气息很温暖。梦生看到酒馆里已经三三两两坐满了人，只不过店里摆的不是桌子，而是一口口装酒的大缸，缸底埋在地砖下，缸口覆以朱红木盖，充作桌面。酒客围坐在烟气腾腾的大缸旁，喝酒取乐。这大酒缸为京城特色，梦生平日不饮酒，因此是头次前来。掌柜与双寒冰相熟，见二人进门便热情地小跑赶来，说：“您来啦，请坐。”将二人引到空位前。

梦生在大缸前坐下，觉得很是新鲜，忍不住用脚尖踢了踢酒缸。内里是空的。

“你能喝几个？”双寒冰笑着问道。

“我不会喝。”梦生有些窘迫。

“那先来三个。”双寒冰招呼伙计道。

大酒缸出售的酒论“个”不论“杯”。伙计端来三只锡杯，每个杯里盛有大约二两烧酒。双寒冰又叫了豆腐干、五香蚕豆、饹馇盒、炸排叉等小菜，满满当当摆了一桌。

“每当寒风袭人、大雪纷飞，来大酒缸喝二两烧刀子，是平生最快意的事。”双寒冰与梦生碰杯，仰脖灌了一大口，舒爽地打了个酒嗝。

梦生喝了一小口，勉强下咽，只觉腹腔都燃了起来。

掌柜走过来，亲切地问：“酒热不热?”

双寒冰刚才已接连喝下两杯，此时有些口齿不清，摆了摆手，说道：“不用热。再加两个。”

酒很快上来。

这时，双寒冰突然抬起头，高声吟咏起古人的诗句。梦生毫无防备，吓了一跳。

“夫天地者，万物之逆旅也；光阴者，百代之过客也。而浮生若梦，为欢几何?”

双寒冰愈加兴奋，干脆站起身，用筷子敲击碗碟，唱戏般手脚并用，打起过门。客人一时都望向这边。酒馆内昏黄的灯光与氤氲的酒气围绕着双寒冰，将他的身形稀释得有些模糊。他自敲自唱，嗓音高亢而悲壮，到最后已不成曲调，犹在唱一首荒腔走板的古燕战歌，完全不顾及旁人的目光。

梦生从未见过双寒冰此种样态，惊愕地望着他。

歌声戛然而止。双寒冰的身体瘫软下来。梦生忙将他扶起，走出酒馆大门。

重又置身清冷的街面，梦生招手拦了两辆在街灯下等客的胶皮。这时，他感到双寒冰用力抓住了他的肩膀。

“你我注定做不了朋友，真是憾事。”双寒冰说完这莫名其妙的话，便松开手，挣脱梦生的搀扶，摇摇晃晃登上人力车。

回到报社寓所，梦生先将烂醉如泥的双寒冰扶进屋内。床上已摆满了书，根本没有栖身的空间，梦生只好让他躺在竹席上。一沾席子，双寒冰便呼呼大睡。梦生还记得他解释过为何喜欢睡在地上——他享受伸手便能够到书本的感觉，床铺窄小，无法提供这样的便利条件，而睡在地上被书本包围，“实乃人生一大乐事”。

真是怪人。梦生想着，退出门，回到自己的房间。

醉意消失殆尽，他怎么也睡不着，干脆点起灯，重读《杜宾侦探案》。夜晚出奇地安静。读了几十页，梦生合上书，发了一会儿怔。他很是羡慕书中的主角——那个叫杜宾的落魄贵族青年，总是能凭借蛛丝马迹和鞭辟入里的分析，让秘密最终浮现大白。

困意袭来，他吹灭灯盏，准备入睡。这时，他听到有人的脚步声正踏上屋前的台阶。刚才怎么没听到？难道是读书太专注了？他惊出一身冷汗。

还是不肯放过我。梦生在心中叹了口气，随即迅速估量此时的处境：左轮手枪里只有一颗子弹，近战并不适宜用火器，不过却有更强的威慑力；此外，他新近还买了一把防身的匕首，可兵器搏斗他并不擅长。脚步声渐渐逼近，已无暇再做打算。梦生悄然起身，对屋外大喊：“谁？”

没有回应。梦生靠在屋门与窗子之间的墙壁上，胸脯上下起伏。对于追杀自己的究竟是何人，梦生已不像之前那样纠结。他知道很多事情在昭示答案前，胡思乱想是没有意义的，他唯一能做的只是去应对。秘密终有一天会揭示，在此之前，他仅仅需要保证自己不会稀里糊涂地死去。

这样一边想着，梦生一边注意外面的动静，可是什么也听不到。连续数日的雾还未消散，月光朦胧而斑驳。过了许久，仍是没有动静。难道刺客已经离开了？就在此时，窗玻璃被打碎，有什么东西扔了进来，在地上滚了几滚，其中一端冒着烟，屋中立刻弥漫着难闻的味道。

梦生虽从未用过炸药，但知道它的威力。他打开门，纵身跃出。与此同时，随着轰鸣巨响，屋子火光四射，喷出炙热的烟尘。砖瓦纷纷从房顶抖落，雹子般摔碎在地。梦生刚刚站起身，就听耳边飒飒风声。他几乎本能地低下头，让过一道寒光——如果迟了半刻，他已脑袋搬家。梦生来不及回头，拼命往前跑。跑至一棵古柏下，他以树干做掩护，朝后瞧看，只见黑暗中站立着一个披着斗篷、全身漆黑的人物，手中一柄刀刃却反射着凛然的寒光。

这兵器有些怪。梦生定睛观瞧，觉得应该是一把东洋刀。难道是日本人？梦生心中飞速转动着念头。就在刚才，自己竟听不到刺客的脚步，可见来者非同一般。如果弹药充足尚能一搏，眼下……梦生甚至没有把握能从他刀下逃走。

左右为难时，前方又多了一人，正朝刺客这边缓步走来。刺客面向那人，注意力显然已不在梦生身上。屋子在烈焰中呻吟，热气荡开夜雾，火光照亮了他的脸——正是双寒冰。他步伐稳健，手持文明棍，没有丝毫醉酒的样子。走到与刺客相隔约二十步时，双寒冰停住，甩掉文明棍的外鞘，露出锋利短刃。

“果然是你。”刺客忽然开口道。

听口音并非异国之人。梦生仔细倾听，觉着有些耳熟。

“是我。”双寒冰道。

“坏我的事？”刺客语气杀气腾腾。

“你才是坏事的人。”双寒冰毫不相让。

两人沉默相峙。刺客忽然举起东洋刀，双手紧攥刀柄，大喝一声朝双寒冰扑去。双寒冰侧身用短刃接住。“好刀！”他高声道，“这便是大名鼎鼎的‘一期一振’？”

刺客不语，再劈一刀。双寒冰挡住，跳到几步外。

“你我半斤八两，这么着估计能打到天亮。”双寒冰笑道。

“你真要插手此事？”

“你们的事我不关心，我只是要完成嘱托。”双寒冰收敛笑意。

刺客沉思片刻，收刀入鞘，“我是刺客，一击不成，下次再找机会好了。”说罢，转身离开。

双寒冰望着刺客走远，然后扭头朝梦生喊道：“行了，出来吧。”

梦生从古树后现身，手中仍握着手枪。火焰已将房屋尽皆吞没，包裹成骇人的巨大火球。

“幸好不是我的屋子，否则定跟他拼命。”双寒冰被浓烟熏得直咳嗽，又对梦生加以嘲讽般说道：“送你春宫偏不要，这下够瞧的。”

“你究竟是什么人？”梦生面色阴沉，死死地盯着双寒冰的眼睛。

双寒冰避开梦生目光，不停地打哈欠，“折腾一晚，找地儿补觉去。”他恢复成宿醉的萎靡状，弯腰拾起匕鞘，向着柏斯馨的方向走去，消失在夜幕中。

梦生站在古树下，看着房屋在大火中倾圮。那支马金钩来不及取出，估计已烧成木炭。他体会着裹挟而来的滚滚热浪，身子却受冻似的轻颤。

夜空被火染成了紫红色，小小的火星儿四处乱飞，像是徘徊的萤火虫。梦生发现那个黑人车夫不知何时出现在距自己不远的地方。他身上披着毯子，并未观看火势，眼睛直勾勾地望着梦生。你以为我还是那个孩子吗？梦生忽然有些恼怒，冲黑人挥了挥手里的枪。黑人默默地闭上眼，鬼魅般退入夜色。

晨光熹微时，大火已止。房屋变成焦黑色，冒着浓烟。四周出现了围观的人，这时消防队姗姗赶来。他们开着一辆红色的小汽车——那本是张勋的座驾，复辟失败后改涂红漆，安装水泵，投入消防执勤。两个消防队员忙忙叨叨，一人手动增压，另一人手握帆布水管，朝烧焦的房子匆匆喷了几下水。一系列动作完成后，两人来到梦生面前，伸手讨要救火费，然后扬长而去。

京城的那场大雾持续了整整七天。最后一日，大街上出现了一名举止奇怪的年轻男子。他穿着破烂，怀中抱着深色木匣子，头脑好似不大正常，走路摇摇晃晃，忽而傻笑，忽而又满脸惊恐，口中不时念念有词，重复着："我就知道，我就知道……"

行人纷纷避而远之，把他当成傻子或乞儿——这类人并不少见。木匣子沉甸甸的，他小心翼翼地抱着，里面似乎有什么极其重要的东西。有一回，人力车跑过时撞了他一下，木匣子差点跌落。他吓得直接瘫倒在地，抱着匣子哭了一阵。接着，他擦干眼泪，继续往前走。他的目的地很明确。当他在街巷中迷失方向时，会随地拉住过路的人，问："中央公园怎么走？"被拉住的人有的瞪他一眼，骂骂咧咧走开，有的给他指了个方位，甩掉他的手继续前行。

走累了，他会找个墙根坐下休息。他似乎很久没吃饭了，食物的香气飘荡过来，他像狗一样翕动着鼻子。然后，他狠抽自己几巴掌，仰脖望了望天。一时间，他保持这个姿势一动不动许久，好像魂儿被抽走了。毫无征兆的，他又忽然回过神来，摩挲着木匣子，眼神中满是悲戚。

"我就知道，我就知道……"

大约午时三刻，男子终于来到中央公园南门口。他径直走进去，被门卫揪住。他迷迷瞪瞪地盯着门卫，看起来已很是虚弱。

"你干吗的？有门票吗？"门卫吼道。

"门票？"男子露出一副蠢相。

门卫想把他推出去，那人却紧紧地抱着木匣，纹丝不动。

"我找双先生。"男子说。

"什么双先生，快滚。"

"双寒冰。"男子又道。

“这里没你找的人。”门卫已怒不可遏。

两人正在僵持时，有个穿长袍的先生走过来，问：“你找双寒冰做什么？”

男子盯着新来的人，不作声。

那先生对门卫说：“双寒冰是我报社同僚，看样子这位小兄弟是有什么要事，您行个方便，门票我付了。”

门卫这才没好气地松开手。

带到报社寓所，男子看见被烧毁的房屋，微微讶异地张开了嘴。报社先生解释道：“是我们报社新来的馆役，睡觉时抽烟，不小心把屋子烧了。”然后领他到对门双寒冰的住处，上前拍门。

开门的是梦生。他一见到男子，便露出惊讶的神情。

“小柳？”

男子看见梦生，先是愣住，随即脸色大变，显得十分震怒。他将木匣夹在腋下，腾出另一只手在身上胡乱摸索起来。紧接着，他从腰间抽出一把短刀，刺向梦生。梦生躲开，用臂肘击打小柳手背。短刀落在台阶上，折成两段——早已锈迹斑斑。小柳疼得倒抽冷气，却仍旧死死夹住木匣。

报馆先生惊得目瞪口呆，看看小柳，又看看梦生，口中喃喃道：“你们这是玩儿哪出？”

双寒冰走上前来，笑着拱了拱手，好像刚才那幕只是某种特殊的打招呼的方式，“一点私事，请兄多担待。”说完，将小柳和梦生拉入房中，关上了门。

刚刚还怒气冲天的小柳进屋后却变得异常紧张。他抱着木匣，像是怕有人抢夺，连连后退，靠在墙上，身子出溜了下去。“我就知道，我就知道……”他嘴里不断重复这句话，然后猛地抬起头，盯住梦生，大吼：“都是因为你！”便要扑过去拼命，被双寒冰拦住。

“小柳，出什么事了？”双寒冰按着小柳的肩膀，“这木匣里是什么？”

提到“木匣”二字，小柳顿时失去勇气，傻愣愣地站住不动，任由双寒冰拿走木匣，双目无神，好似魂魄与木匣一道被人取走了。

双寒冰打开盖子，朝里望去。

“是什么？”梦生试探地问道。他看到双寒冰表情变得阴郁，一言不发，如同换了一个人——他此前从未见过双寒冰这副样子。梦生走过去，试着从他手中接过木匣。双寒冰木然地站在那里，也不看梦生，只是轻轻地将木匣递与他。

梦生接住，感觉到里面的重量。

匣内盛着一颗人头。

尽管那头颅脸上伤痕累累，梦生仍一眼认出是大柳。他慢慢地重新覆上盖子，走到椅子前坐下，将木匣置于桌面。不知何时雾已散去，清澈的阳光从窗子照射进来，木匣方方正正地沐浴在光芒中，上面镂刻的花草鱼虫图案因年头太久已磨损不堪。从林子的方向不时传来欢呼声——今天是大亚细亚马戏团最后一日表演。

梦生记起，这只木匣是大柳从打鼓儿[1]的朋友那里淘换来的，几乎算是白给。大柳很喜欢木匣上的图案，却不知道用来装什么。装钱怕不安全，装吃的或杂物又觉得浪费。梦生用手指轻轻抚摸匣盖上的纹路，不知为何，脑子浮现的却是晴空里的两只风筝，飘飘荡荡着。

双寒冰托住小柳的前襟，“谁干的？”

小柳起先不言，只是嘴唇颤抖，过了一会儿，开始呜咽起来。

“到底是什么人？”双寒冰紧蹙眉头。

“他们说是什么……燕社，没错，燕社。如果我不送过来，他们就要杀我，杀了大家伙儿……”小柳瞅着梦生，忽然安静了下来，自言自语似的说道：“我就知道，你会给大伙儿带来灾祸，我就知道。从第一眼见到你，我就觉出来了。可惜大哥不信我……”他嘿嘿笑着，脸色苍白，忽然晕厥过去。

屋子陷入死一般的寂静。

“大柳是我兄弟，我会好好葬他。”过了许久，双寒冰说道。

梦生紧闭双眼，泥塑般坐在椅子上，仿佛对一切都置若罔闻。

双寒冰瞪着他，“不要让无耻小人乱了你的心志。”

夜色如同一张巨大的黑色斗篷，将天地覆盖。

1　打鼓儿：指收旧货。

林中空地前，马戏团正准备动身，前往下一处地点。这些年他们随着韩秉谦东奔西走，下南洋，游欧美，周游列国，三年前还远赴巴拿马万国博览会，在开幕式上为威尔逊总统表演魔术和马戏。每到初冬时节，马戏团都会受公园理事会的邀请，来到京城表演节目，以吸引日益稀少的游客。之后，他们还会在京城其他地方进行巡演。

黑人车夫将马套好，看着那几个学徒收拾好道具，拆卸木台，钻进车里。黑人车夫咳嗽几声，轻抚马的鬃毛。他的耳朵动了几下，抬起头，朝某处探望。犬吠隐约传来，除此之外，夜色寥廓而沉寂。他重又低下头，登上马车，正要挥舞鞭子，忽然，他在半空中停住手，眯起眼睛，猫一样。

有人从黑夜中现身。

黑人车夫愣了愣，等那人走近。

“结束了，不能进。”他摆了摆手。

“我跟你们走。”

“你说什么？”黑人车夫问道。他从小被卖到中国，在异国已生活近四十年。他的语言早已流利，但与人交谈时仍故意强调口音，博人笑颜。有时，他也会装作听不懂，以避免不必要的麻烦。

“我跟你们走。”

“不行，得韩老板同意……”他忽然止住话头。黑洞洞的枪口正指着他。

寰宇其实一颗球。父亲说道。他经常会突然说些莫名其妙的话。

球？我忍不住笑了，就像一颗鸡子？

正是。父亲说。

那住在鸡子下面的人岂不是要掉下去？

不然，这颗鸡子很大，没人会掉下去。

八

马车平稳地行驶在京城的大道上，几乎感受不到起伏与震颤。现在，梦生置身于黑暗中，不知道外面是否已是天明，更不知到了哪里。车厢里黑咕隆咚，没有窗子，没有灯光，唯有伸手不见五指的纯然的黑色。梦生感受到久违的安详。

梦生伸了个懒腰——他依然能感受到躯体的存在，证明自己还活着。马车的内部空间比他想象的还要大，他觉得自己犹如鹅笼书生——也许是黑暗令他失去了度量的标准。

他直起身，往前走，走出很远。韩秉谦和他的那些学徒、道具、狗熊似乎都不见了，隐藏在这马车的某个地方，连细微的声响也没有。他伸出手，向前摸索，直到摸到那扇小门。他知道门后是什么。

那天晚上，他掏出手枪，逼迫黑人车夫把他带上马车。他完全被某种鬼使神差的念头攫住了。黑人车夫露出诡谲的笑容和残损的牙齿。

“我认得你……”他突然开口说道，“当年你跟你的父亲一起看过我洗澡。”

梦生看着他的嘴一张一合，听着他吐出的每个字都那么真切。可是，他却觉得是从很遥远的地方传过来的，其间相隔了何止万水千山。话语如同富有魔力一般使他动弹不得。怎么可能……

黑人车夫不再言语，而是默默让出身后那黑洞洞的门扉。梦生仿若被看不见的丝线牵引着，登上马车，又被拦住。

“钱，”黑人伸出手，现出浅色的掌心，“两角。”

梦生付了钱，终于走入车厢的内部。对他而言，黑暗有种甘甜的成分，既可以隐藏又可以促使他思考——往往在越适于隐藏的地方，他的念头反而愈明澈。然而，这里的黑暗是陌生的。

他当然听到了响动——属于人的响动，就在正前方，大约五步之遥。他并不急于接近，而是静静等候着。不知为何，他有把握这回不用自己主动去做什么。

窸窸窣窣的衣裙摩擦声过后，前方亮起了一盏幽暗的马灯，如同鬼眼。四下仍是密布的黑暗，但足以照亮近旁的人。

一个女人，穿着深色袄裙，留着男人式的短发，手提马灯，正盯视着梦生。她伸出修长的手指，招呼他过去。

女人坐在一张圆凳上，面前还有一张圆凳。梦生坐下，与她膝盖相触。圆凳是用锁链固定在地面上的。女子没有说话，让梦生接过马灯，随即解开纽扣，敞露衣衫，绽出雪白的胸脯。梦生看到，女人有三个乳房——在普通的双乳之间又生一乳。他明白了，为何马戏表演结束后，公园里总有神色诡秘的人，从马车里进进出出。

正当梦生愣神之际，女人突然抓住他的手，放在自己的胸上。

“你可以摸。”女人说道。

梦生把手缩了回去。他摇了摇头。

“我不是来做这事的。”

女人疑惑地看着他，于是梦生补充道：“我要随你们一起走。”

这时，他听到开门的声音。有人进来了。门轴由于年久失修发出刺耳的嘶叫。那人在黑暗中拍了拍手，四周立刻冒出微光——五只灯泡安放在各角落，从黯淡一点点变得明亮，直到照亮整个车厢，仿佛从夜空升起的星辰。

韩秉谦拄着拐杖，站在一扇绿色小门前。他的身形比白日里更显佝偻，肤色苍白皱纹横生，没戴帽子，白发随意披散，手背上有明显的棕色斑点。他眯缝眼睛，打量梦生，好像正尽力将他看得清楚些。

“你是谁？”韩秉谦用低沉、苍老的嗓音问道。

“我想跟你们走。”梦生说。

“你会什么？”

梦生拿出手枪，不由分说朝一只电灯射击。眨眼间，电灯破碎，光芒泯灭，车厢暗了一角。“好枪法！”女人赞叹。

枪声引发的鸣响逐渐消逝。韩秉谦缓缓点头，眼神中闪烁光亮。

“随我来。”韩秉谦转身，打开绿色小门。

进入门内，车厢布置焕然一新。这里像是戏班子的后台，堆满了衣物、木箱、假发、各类魔术道具和不知用途的物什。在这些东西中间，有面一人来高的大镜子，前有西洋软垫座椅，上悬电灯，将镜子周围辟出一块明亮的空间。

韩秉谦径自坐在镜前，凝视自己的面容。

“以前可曾学过魔术？”

“不曾。”

“魔术最忌同行偷师，但愿你不是抱此目的而来。”

“我从未学过魔术，就连看魔术表演也已是十多年前。那个马戏团也有一个黑人车夫，表演魔术的人也是一个白须老者。”

“哦？”韩秉谦脸上浮现出莫名的笑意。

“这么多年，你几乎没怎么变。”

韩秉谦起身，摘下挂钩上的假发，拿在手中把玩。

“当初我是化装成老人的模样，现在我不用再化装了。”韩秉谦似是叹了口气，“魔术师想要闯出名堂，老人终归更受观众信赖。刚出道时，我就装扮成老人，国内穿洋装，国外穿马褂，一心只为成名。如今该得的我已得着了，不该得的自不去妄想。”韩秉谦挺了挺身子，佝偻之相顿时改变，比梦生还要高出半头。

“我不知你究竟为何要来我这儿，也不知你是何身份、经历过什么事，这些是属于你的秘密，我不会过问。魔术师最尊重秘密，没有秘密，魔术什么都不是。”韩秉谦说着走上前，将假发戴在梦生头顶，像个顽童哂笑起来。

“说实话，如果不是见到你的马车夫，我已经把你忘记了。那个时候你的魔术并不特别，反而是黑人更有人缘。”梦生道。

“你已猜到那时我是假扮的？”

"这么多年容颜不改，毕竟是奇事。况且江湖上称你们为'一腥到底'，意思是全是假的。"

"魔术都知是假的，这点反而最真。"

梦生看向镜中戴着假发的自己。

"你说得对。"

韩秉谦端详梦生，不再嬉笑。

"你是棵好苗子。"他叹道，"可惜你不是为魔术而来。"

"韩老板，"梦生说道，"希望你能答应我一件事。把我扮成另一个人。"

"这事不难。"韩秉谦笑道。

马车一路向前，偶有颠簸，十二只装饰金属辐条的轮子围绕着车轴旋转不休。车厢的窗子被厚布覆盖，无法看到外面景物。梦生坐在镜前，闭上眼，任由韩秉谦往自己脸上粘粘贴贴，涂抹油彩。

"这是去哪儿？"梦生问道。

"去见一个旧友。"韩秉谦满意地笑了几声，拍手道："好了。"

梦生睁开眼。

一张全然陌生的男子的脸，颧骨分明，眼窝深陷，稀稀落落的胡须布满下颌。真是一张完美的脸啊，梦生心想——尽管脸上多了一层面具，让他时刻感到不适，总想去抓挠。

他深深呼吸，直到发觉了某种异常。怎么回事？他苦苦思索，随即才反应过来：马车停了。

下了马车，阳光刺眼。梦生待眼睛适应过来，最先映入眼帘的是一座西洋风格的砖雕牌楼，高大肃穆，上面雕刻着繁复的图案——龙、狮、蝙蝠，还有数不清的花卉和祥云。砖雕的正中间，左右两条飞龙环绕着“农事试验场”五个镌刻的大字，字的上方悬挂两面五色旗帜。下面三座门洞，有游客模样的人从此进出。

梦生这才推测出走过的路线——马车从中央公园一路往西，然后北上，出西直门，来到了距西直门瓮城二里许的农事试验场。他从未来过，但曾听人提起，这里最早是明代御园，后来几经易手，在十几年前由前清农工商部辟为农业试验场地，用以学习西方农业技术。除了农作物，里面也豢养了上百种从各地进献、采购来的动物，因此民间称之为“万牲园”。

早在前清那会儿，万牲园便已开门售票、接待游客，成为京中人士游览之所。他看见砖雕大门旁设有售票处，一个身材高大的男子正从那里朝他们走来。这人不是一般的高大，普通人的头顶最多只到他腰际。他身穿灰布袍子，套青马褂，脚踩大得出奇的黑色布鞋，拖着长长的手臂慢慢地走着，脸上挂着憨厚的微笑。他走动时，旁边所有人都望向他——简直是一棵大槐树在挪动。

万牲园除了景色和动物吸引游人，便是不知从哪里找来的体型高大的“长人”检票员了，据说许多人来万牲园就是为了一睹长人风采。梦生想，必是此人无疑。

梦生看着他走到韩秉谦面前，微微弯腰，伸出宽大的手掌。

二人握了握手。韩秉谦的手放在长人掌心，犹如三岁孩童。

“韩老板，好久不见。”长人嗓音雄厚，仿佛是从胸腔深处发出的。

“都还安好？”韩秉谦费力地仰起脖子，同他打招呼。

“都好都好，您的老友最近精神头儿也不错哪！”长人说这话时，有种发自肺腑的愉快。

“好，我这就去探望。”韩秉谦点了点头。黑人车夫挥舞马鞭，口中吹起哨子，赶着马车先行驰入万牲园的大门，其余五名学徒——包括梦生——跟着韩老板步入园中。

园中游人不多，松柏参天，清流曲通，山石矗立。韩秉谦慢悠悠地走着，欣赏这幽静的美景。路旁有轿夫上前，询问是否雇轿。韩老板摆摆手，轿夫讪讪而退。不多时，他们行至一排笼舍前。笼前挂有木牌，写明动物的名称、性质、产地。或许是天冷的缘故，笼里的动物要么不见身影，要么病恹恹、脏兮兮地趴在地上，懒得动弹。笼外观赏的游客似乎受了动物的影响，也显得无精打采，个个面色严肃。笼内笼外，动物与人彼此对望，好似都有说不尽的哀伤。

一路上都很安静，行走时鞋面与砂石路面的摩擦声都显得有些不合时宜。梦生偶尔与他人对望，想到自己已然换了一副面孔，他们看到的已不是之前的自己，心中便翻涌着说不出的奇特感受。他故意放慢步子，体会着作为另一个人的举手投足，就好像他是第一次学会走路那样。

那个短发女人跟在他身旁，眨巴明亮的眸子，一直好奇地盯着他。

梦生被她盯得很不自在。

“韩老板易容术真不错。”女人认真地说道，“刚才你吓我一跳，还以为不知何时又上来了一个人。”

梦生直视前方，默不作声。

到了其中一间笼舍前，韩秉谦停步，转身对他们说：“请稍待片刻。”

这个笼舍没有挂木牌。

看着他打开笼门，独自走进笼舍，梦生悄声问道：“韩老板是要做什么？”

“去会他的老友。”女人答道。

“老友？”梦生不解。其他三名男学徒看了看他，没有说话。过了许久，韩秉谦仍未出来。其中一个学徒凑到梦生跟前，问道：“在下赵敬熙，敢问兄台是韩老板新收的徒弟？”

梦生摇了摇头，“我只是韩老板的助手。”

“原来如此。”赵敬熙向另两个师兄使了眼色，他们也上前来做自我介绍：“在下韩敬文。”“在下张敬扶。”轮到女人时，她双手交叉胸前，说道：“我叫于一郎。”

笼舍的门开了。韩秉谦走了出来，身后跟着黑人车夫。他们两个相互搀扶，看起来疲惫而悲伤。“今天就各自歇息吧。”韩秉谦对一众学徒说道。他和黑人车夫的身上散发着浓郁的动物粪便的臭味。

学徒的住处位于一座名为“畅观楼”的前清行宫的南边。

两间旧屋舍，原本是储物间，农事试验场理事会腾出来给马戏团一行人居住。五个学徒住一间，韩秉谦独居一间，黑人车夫另有住处。

接下来的一段日子里，马戏团没有演出，在万牲园中休养生息。于一郎对梦生说，每年这个时候，马戏团都会来万牲园，将那些表演的动物——狗熊、猴子、马匹、蛇等暂时寄存此处。同时，韩老板也会物色些新的动物用于训练。马戏团与万牲园保持着常年的合作关系。

对于这个叫于一郎的女人，梦生心存好奇。不仅是由于她多出的乳房，还因为平日里她总穿短打扮的男装，用布把胸部裹得平整，不知内情的人会以为她是一个俊朗小伙儿。有时她甚至会贴上两撇胡须，极力掩盖身上的女性色彩，与他在马车中所见的形象大相径庭。

梦生与其他学徒很少交谈。他从另外那三个人的眼神中发觉了某种警惕，甚或是敌意。他不知道为什么，却也不想追根问底。

清晨，他总是头一个醒来。冬天的万牲园比中央公园还要寂静，没人会顶着寒风一大早起来看动物。而那些动物也总是很沉默——黑鹿、虎纹马、野牛、金丝猴……它们或是待在笼舍里不出来，或是木然地望着某处，动也不动。它们浑身肮脏，毛发僵硬，散发着令人作呕的气息。他曾看到一头豹子不停地在笼子里绕圈，即使他故意发出声响也不作理会。它一圈一圈地徘徊笼中，仿佛永远不会疲惫。

相较而言，水禽要活跃得多。数不清的鸟类生活在一个小岛上，发出各种不同的鸣叫，于水面上追逐嬉戏。他喜欢坐在附近的一块被游客的屁股磨圆的大石头上，看白鹤抬起细长的脚，小心翼翼地伸入水中试探，好像在查验水流是否暖和。还有那些鹭鸶、天鹅、水鸭等等禽鸟，用喙梳理羽毛，在水面上轻快地滑行。

从鸟岛往东再走一段路有片松林，建有一座十字形的墓碑，上立八角形碑塔。墓碑的东南西北四面分别埋葬着四位革命党人。梦生细看碑文，上面四人的名字是彭家珍、杨禹昌、黄之萌、张先培。彭家珍行刺宗社党元老良弼后当场身亡，杨、黄、张三人则刺杀袁世凯不成而被杀害，他们死时都没有超过三十岁。

梦生在碑塔前静立良久。冷冰冰的墓碑，四周空空荡荡，只有冷风穿梭林间。他觉得有些困惑，又有种说不上来的沮丧。他不知是怎么了，便转身往回走。他低着头，步履匆匆。他不想再去思考什么，尽量把自己想象成另外一个人，一个与以前的自己毫不相干的人。

回到鸟岛时，他看见于一郎正站在湖边，凝望对面的小岛。水鸟飞旋，不时有几只白颈黑尾的鹳雀落在她脚边，怕冷似的缩着脖子。于一郎站着不动，不去惊扰这些鸟雀。她虽身着男装，仍掩饰不住瘦削的肩膀与背脊。他走过去，鹳雀扑棱着翅膀飞走。

“你走路怎么没声儿？”于一郎眉头紧蹙。

“是你太过专注了。”梦生看向群鸟拥挤的湖心岛。

“我喜欢鸟。”她的语气舒缓了些，“它们可以想飞哪儿就飞哪儿。”

“可它们都没飞走。”梦生指了指小岛，“它们习惯了这里，别处活不下去。”

“是。”于一郎忽然转过脸，紧盯着梦生，说，“实话讲，我更喜欢你原本的模样。”

梦生只是看着飞鸟，不搭话。

一只绿色水鸟飞来，于一郎伸出手，将它稳稳地接在掌心间。少顷，她垂下手臂，水鸟便振翅离去。

“走，我带你见识个有趣的玩意。”她说道。

梦生跟着她，路过住所，再走过一座石桥，便来到三面环水的畅观楼。于一郎边走边说，这里曾是前清行宫，西太后与光绪帝去往颐和园避暑必经此地。梦生抬眼望去，行宫为高大恢宏的欧式风格，墙体土红色，主楼共两层，左右两边各有三层高的塔楼。雨篷、廊柱、砖雕和精巧的石雕栏杆，将这座宫殿打造得美轮美奂。门口有人售票，十枚铜圆。于一郎抢先买了票，拉着梦生进入大厅。厅内比外面还要富丽堂皇，铺着厚厚的地毯，墙壁悬挂大型油画，屋顶则是水晶挂灯，还有许多橱窗里摆放众多西洋花瓶、瓷盘、铜壶等器具。于一郎告诉梦生，楼上是前清太后与皇帝的寝室，还保持着原先的布置供游客参观。最后，她拉着他来到大厅一侧的大镜子前。

“照照看。”于一郎怂恿道。

梦生站在镜前，发现镜中的身体变了形，变得又瘦又高，很是滑稽。梦生忍不住笑了出来，于一郎又把他带到大厅另一侧同样的镜子前，里面的人则又变成矮胖的侏儒。

“这叫‘哈哈镜’，西洋人逗乐的玩意。”于一郎愉快地解释道，转而问梦生，“对了，这半天我还不知你姓甚名谁呢？”

梦生想了想，说：“西洋人的《圣经》上面，开篇就是上帝为世间万物命名。现在我没有名字，你来给我取一个。”

“可我又不是洋人的上帝……”于一郎惊讶得瞪大了眼睛。

“无妨。”

于一郎很是为难地看看他，又看看哈哈镜，“那你就叫‘哈哈镜’得了。”

“好。”梦生点点头。

“当真？”于一郎面露尴尬之色，“你莫不是在戏弄我？”

梦生盯视镜中全然扭曲变形的身体，那里面晃动的人形已然没有任何熟悉之处。他转过头，看着于一郎的眼睛。这一回他没有笑。

“从今日起，我就叫哈哈镜。”

在马戏团老板韩秉谦的教导下，梦生开始与于一郎配合，练习一些诸如掷飞刀、空中飞人等常规表演项目。对这些，他得心应手，有过去的基础作为底子，上手极快。日子一天天过去，马戏团仍按兵不动，没有外出巡演的迹象。

平日里，韩秉谦经常待在那间没挂木牌的笼舍里，时常大半天不出来。时间长了，梦生不免有些奇怪，可马戏团其他成员似乎习以为常。训练之外，他几乎不与他们交谈，也从不问东问西，像是刻意使自己保持沉默。

一日，韩秉谦从笼舍回来，如往常那般一言不发回到房间。梦生正与于一郎练习飞人的配合之法。他停下来，注视笼舍的方向。当时，其余三名学徒都去园中各处独自练习魔术——韩敬文喜欢去牡丹亭，张敬扶在松风萝月，赵敬熙则是去荟芳轩，这三个地方都是万牲园中的名胜，师兄弟间互不打扰。按照于一郎的说法，他们是彼此提防，怕被荣了门子[1]。

“魔术师要是被人偷艺，那可就没饭辙了。”于一郎说道，“师兄弟间是最要有防备。”

对于这些行业规则，梦生并不在意。他一心都在想着那间笼舍。

“那个地方没韩老板允许，不能随便进。”于一郎好像看出了他的心思，提醒道。

“里面有什么？”梦生忍不住问。

“韩老板的旧友。”

“旧友？”

“我可以告诉你里面有什么，但你要拿一样东西与我交换。”于一郎露出狡黠的笑容。

“什么东西？”梦生想，现在自己当真孑然一身。

1　荣了门子：指技艺被人偷学。

“秘密。”于一郎说道，“拿你的秘密跟我换。魔术师最喜欢人的秘密。”

“可你又不是魔术师。”

“真是榆木脑袋！”于一郎将手中飞刀藏于袖中，转身就要走，被梦生拉住。

“好，我答应你，想知道什么？”

“还没想好，以后再说。”于一郎满意地仰起下巴。

“现在可以告诉我，旧友究竟是何人？”

“并不是人，”于一郎说，“是一头象。也不是普通的象，而是银象。”

“银象？”

“全身都是银色的象，极为罕见，曾跟随韩老板多年，如果没有它，恐怕马戏团也不会有如今的规模。可惜，这头银象年事已高，多年不愿见人，这回看韩老板的脸色，恐怕活不长了。”

“你见过？”

“我入行晚，没见过，敬文师兄也只见过一次。韩老板不让我们进去，否则逐出马戏团。我劝你也打消念头，据说银象年龄越大脾气越暴躁，被逐事小，说不定还会伤了性命。”

入夜，三位学徒归来，也不言语，蒙头就睡。梦生暗中睁着眼，听到鼾声响起，便披上衣服，起身下地，轻轻推开房门。月光如水，将石板路照耀得干净整洁。

梦生大步流星，没几刻就到了笼舍前。园内的动物也已沉睡。梦生打开笼门，钻入其内，周身臭味熏鼻。他也不知自己为何好奇心如此之盛，只当是受到冥冥之中的牵引。

笼舍内先是一片混沌，待双眼适应黑暗，便恍惚间见到漆黑中有块颜色稍浅的庞然大物。他慢慢走近，尽量不去惊动。

那庞然之物寂静无声，犹如死物。他轻手轻脚，愈离近臭味便愈浓烈。他不时停下脚步，细听动静——它确实是睡着了，无声无息。可他仍不敢大意，至近旁，仍未觉异动，才稍松了口气。他擦亮一根火柴，借着微弱的光亮，看清了石壁般厚实的一小块皮肉。

于一郎没有诓人。象的皮肤确如用白银打造，就连褶皱和疤痕处也是银色的，只是颜色较深。火柴很快就烧尽了，梦生接连点亮火柴，盲人摸象般从背脊、粗壮的肢体、蒲扇似的耳朵一路看过去，尽是银色，微小模糊的火光映在这宽厚的皮肤上犹如水银流淌。不可思议，梦生在心中感叹。

他再次燃亮手中的火柴，看到一只拳头大小的松弛的眼眶绽开在黑暗中，深潭似的瞳仁正凝视着自己。梦生倒吸冷气，匆忙扔掉火柴。

同火苗一起熄灭的还有那只眼睛。

他并未逃走。银象依旧没有发出响动。笼舍里虽轰臭难闻，可他觉得自己被一股舒服的暖意包裹。他知道，这是从它身上传来的暖意。它活着。

梦生稳住心神，继续擦亮火柴。那只眼睛也再次出现。

他们无声对视。一根火柴的燃烧似乎变得漫长。从那只晶莹剔透的瞳仁里，他可以看见四周的黑暗和举着火光的自己。它深深地凝望着他。

梦生壮起胆子，伸出手，放在它柔软而苍老的银色皮肤上。

光亮终究湮灭了。他丢下那枚烧焦的小木棒，转身离去。

之后数日，每当深夜，他都会来到银象的笼舍内，坐在充斥着败坏的食物和粪便气味的砂石地上，静静地待上一小会儿。在这短暂的时刻里，在银象巨大的身躯之侧，他感到难以言说的恬静。银象总是安静平和，几乎不发出响动，只是偶尔会突然用象鼻拍打肩颈，驱赶覆噬躯体的腐虫——它们是被死亡的气息吸引而来的。它们紧紧地依附于象身，在银白的皮肉里产卵、繁殖。银象的护理员就是那个长人，这本是他的分外之事，完全是受韩秉谦的嘱托。近些年国事动荡，万牲园日益凋敝，无力照顾动物，听凭大量动物自生自灭。照此趋势，不出几年所谓“万牲”便会濒临灭绝。韩秉谦自掏腰包照料银象，才使它撑到如今。

长人每日都会为银象提供食物和清理粪便，用长刷为银象清洗身体。可转眼之间，那些腐虫又会出现，周而复始。所有人都知道，皮肤固然能够清洁干净，但却无法延缓内里的衰朽。

梦生靠在银象的身上，呼吸弥漫笼舍的腐臭，不愿离开。相处这些时日，银象并未有传说中的躁动，它安稳如山，仿佛正坦然等待生命之火的凝结。有一天，他恍惚看见自己的手也成了银白色，并慢慢地向整条手臂蔓延。他没有丝毫恐惧，反而心中愉悦。他轻抚象身，喧嚣隐去，他仿佛正走入它的体内，与银象融为一体……

他是被交谈声和木门被推开时发出的吱扭声惊醒的。天光已大亮，梦生不知何时睡着了。他立刻反应过来，知道自己犯了错。极其有限的阳光从笼舍上方一扇小窗照进来，那里也是整间笼舍唯一的透气孔。光线依然晦暗，脚步声临近了。他来不及多想，急忙寻找可藏身的地方。就在这时，他看见了银象。

这是梦生第一次看见它白天时的样子。银象的体形显得比夜晚时小很多，粗壮的四肢跪卧着，闭着眼，一动不动，将象鼻含在嘴里。它看起来就像是用白银雕刻而成的工艺品，或是一尊蜡像，静默无声。由于皮肤不同寻常的颜色，上面的疤痕与皱纹也比普通象类更加明显，几乎布满全身。

梦生刚攀上一根横梁，就有两个人走了进来。

拄着拐杖的韩秉谦走在前面，后面跟着一个穿藏青呢子大衣的男子。他戴着毡帽，从上面看不到脸。

两人在银象前停住。穿大衣的男子走上去，似乎想用手摸象身。这时，银象缓缓睁开眼，发出一种低沉而焦躁的声音。韩秉谦用拐杖拦住了男子。

“很好，完美的艺术品……”男子用某种奇怪而生硬的口音说道。

韩秉谦不发一言。

男子目不转睛地盯着银象，赞叹似的点了点头，接着说道：“还是希望，您能答应，在下的请求……”说着，男子并拢双臂，恭敬地向韩秉谦弯下腰身。

“它还活着呢。”韩秉谦说。

“当然，活着。”男子直起身，略显困惑地重复道。

“不知阁下听说过没有，银象有种特别的习性。”韩秉谦来到银象身旁，双手撑着拐杖，背对男子说道，“这种象生于暹罗国南部的丛林，极为罕见，因此是许多所谓西方探险家争夺的目标。象天生喜群居，然而银象数量太少，成年后一般只得独来独往。它们性格温和，对没有见过的人类持有好奇。于是那些探险家便将刚刚成年的小象诱骗进陷阱，高价卖给马戏团或王公贵族。大概二十年前，我在印度巡演期间，从一家快要解散的英国马戏团手里买下这头银象，当时它本来要被进献给印度总督，而我几乎压上了全部身家。事后证明我是正确的，凭借这头银象，我的马戏团大受欢迎，令我时来运转。它很聪明，不光会表演舞蹈、倒立、走独木桥，而且还学会了用象鼻卷住毛笔写汉字的技巧，并且写出来的字很有水准。”

“您没说重点。”男子生硬地打断道。

“阁下不要心急。你知道为了训练这样一头象，需要怎么做？”

这回是男子保持沉默。

“要将它与母亲分开，用锁链锁住，遭受毒打和挨饿，直到奄奄一息，这叫磨性子。然后，训练时预备铁钩，每次出错，就用铁钩扎象耳——那是它最敏感的部位，直到血迹斑斑，它便记住了一笔一画；还要用铁链捆住它的四肢，一次次不停地撕扯，为的是让它记住舞步；倒立就更简单了，用绳子将它吊起来，头朝下几天几夜，直到它可以独自完成动作。它们的前半生就是这么过来的，每头马戏团的大象都是如此，前提是它们没在训练时死掉。就这样，它们几乎忘记了天性，完全成了受摆布的东西。”

“您到底想说什么？”男子有些不耐烦。

韩秉谦并不理会，继续说道：“我不知道它恨不恨我，虽然到我手里时，它已被训练得很出色，前面那些残忍的事不是我亲手做的，不过，我想它还是会恨我，因为它恨所有人。它虽然失去了天性，但有一点却不会忘记，那就是落叶归根。象死前会回到出生时的丛林，在那里化为尘土。”

韩秉谦望着银象的眼睛。银象也在望着他。

“可是，它知道，它回不去了。但它能选择自己的死法。”

“自己的，死法？”

“是。”韩秉谦转过身，盯着穿大衣的男子，“在回不去故乡的时候，银象会选择死去的方式。这是它一生中唯一自己做主的事，谁也不得插手。”

“明白。”男子点点头，“可我说的是，它死后，我能否……”

“山内阁下！”韩秉谦止住了男子的话，“我开始就说过了，它还活着。”

一番无果的对话后，二人离开笼舍。梦生悄悄溜出门，尾随山内来到畅观楼东侧一座名为“海峤瀛洲”的东洋院落前。据说这里曾是袁世凯、荣禄、李莲英等前清政要秘密会晤的地点，如今已然处于半荒废的状态。那辆福特汽车就停在院前的空地上，院门口站着两个系红带子的宗社党人。山内丰成走进大门，消失在院子里。

司机倚靠在车门前，正从怀里掏出烟卷，准备点火。梦生佝偻着背，迈起外八字的步子，慢悠悠地贴过去。

“先生，可否借根洋火？”他冲司机说道。

司机瞅了瞅他，没说话，自顾自点燃烟卷，吞云吐雾起来。

“可否借根洋火？”梦生又大声说道。

“哪儿来的闲人？一边去。”司机不耐烦地皱着眉，用手势驱赶梦生。

梦生假装委屈地退后几步，压抑着某种隐秘的快感。他忽然再次走上前去，一把抓住司机的袖子，把后者吓了一跳。

“您还记得我吗？”梦生冷笑着问。

“咱们认识？”司机厌恶地挣脱开梦生的手。

“好好看我的脸。”梦生直盯着对方的眼睛。

他们引起了那两名宗社党的注意，其中一人朝他们走来。梦生注意到他的左腿有些跛。

“干吗呢？”

“抱歉，认错人了。”梦生赔着笑脸，准备离开。

“等等！”宗社党人喊住梦生，绕到梦生面前，细细打量。

“您还有事？”

跛脚的宗社党人显然疑虑重重，似乎在沉思着什么。

不远处的御河上驶来一条苏式灯船，隐约可听见船上游人的嬉笑声。尚未来得及结冰的河面上映照着悠悠白云和树木的倒影。鸟岛上的水禽们已经开始苏醒，杂乱的鸣叫声在清晨显得很空旷。某个瞬间，灯船好像停下了，白云也静止在天边和水影中。梦生忽然有种莫名的感觉，有谁正在盯着自己——并非面前的宗社党人，而是一双更隐秘的藏在暗处的眼睛。他不禁打了一个寒战。

宗社党人没再多问，蹭着那只不太灵巧的脚，又回到了院子门口。

梦生回到住所时，于一郎正坐在门口的马扎上发呆。见梦生回来，她愠怒地起身问道：“你去哪儿了？一大早就不见踪影。”

“秘密。”梦生回道。

“你又不是魔术师。”于一郎瞪了他一眼。

接着，他们开始常规的训练，于一郎指导梦生做些简单的表演动作。这些腾空、旋转、翻越对梦生实属轻易，他甚至不必拿出几分力气便可做到极致。然而此时他有些心神不宁，训练中透着勉强，令于一郎很是不满，更加重了训练的强度。

临近中午，山内丰成的黑色福特汽车从他们眼前驶过，两侧的车窗都放了帘子。梦生望着车子的背影发怔。

“谁让你停下的？”于一郎斥责道。

梦生充耳不闻，走向韩秉谦的屋子，径自推门而入。这下轮到于一郎怔住，嘴里嘟囔道：“这人又犯什么毛病……”

韩秉谦正坐在床头闭目养神，见是梦生，又阖上眼。

“您与山内是什么关系？”

“哦？你也认识山内先生？”

“并不算认识，只是曾有些干系。”

“你刚刚在笼舍应该也听到了。”韩秉谦一动不动，也不睁眼，任凭银发披散在额前。

梦生自知已被识破，一时不知该说些什么。

“他想买下银象。”过了半晌，韩秉谦缓缓说道，“准确来说，应该是他想买下银象尸身。”

“尸身？”

“山内公开身份为日本华族、商会要员，不过，这些无非是与生俱来的东西。他实则还有另一身份，兴许对他而言更加重要。”韩秉谦说到此处，顿了一顿，看向梦生，“标本师。”

“标本……”

“山内与我几年前在万国博览会上相识，我表演魔术与马戏，他展览标本。那年他见到银象，当即便想出高价买下，我当然不允。于是我每到京城，他都会前来拜访，一连数年，准时准点，从无例外，为的就是让我松口。山内这人，迷恋标本可以说已到走火入魔的程度。”

山内丰成还有这层身份，梦生想，此前并未有人告知自己。但这与刺杀科点儿也确实无甚关联。

“盘问完了？”韩秉谦瞥了一眼梦生。

“岂敢……”梦生有些窘迫。

“该出发了。”韩秉谦长长吐了口气，摸到靠床的拐杖，支撑着下了床。

“去哪儿？”梦生问。

“自然是去巡演。”韩秉谦用拐杖戳了戳梦生的腿，像是责备他问了个蠢问题，“否则我怎么养活你们？”

谷雨之后，枣树发了新芽，就到了该种植棉花的季节。我喜欢跑出去，看棉农后背朝天，将种子依次放入地里挖好的小坑内，然后浇上水。过不了多久，棉苗就破土而出。嫩绿的棉苗沐浴在和煦的春风里，我喜欢看着它们缓慢生长。我想要亲眼看见秧苗长起来，却发现它们都是在我看不到的时候忽然间就长高长大了，以至于很长一段时间，我都觉得它们是故意趁我不在旁边时才生长起来。

那时，我冥冥中感到万事万物都蕴藏秘密且不可思议，似乎都在经着一个看不见的事物的统摄。当我走在田野里，想着那笼罩天地间的说不清道不明的东西，会使我感觉轻微的晕眩。同样的感受，兴许你也体会过吧。

九

梦生觉得京城的寒冬似乎一下子就来临了。大街上的槐树、椿树和枣树都掉光了叶子，人们换上厚厚的棉袄皮袍，戴棉帽皮帽、毛围脖儿，脚踏骆驼鞍毛窝儿，把自己裹得严严实实。河水迅速冻结。房檐下挂起了长串的冰凌子，玻璃总是蒙着一层冻霜。卖糖葫芦和锅盔的挑子走街串巷地吆喝，不知疲惫。到处都是捡煤核儿的脏小孩，一个个手指肿得如萝卜。

冬至这天，韩秉谦及其弟子受邀入紫禁城为逊帝表演魔术。梦生、于一郎和黑人车夫则候在神武门外。天气寒冷，梦生和于一郎在车厢里紧紧地靠在一起取暖。车厢里依旧幽暗，厚厚的遮布不透光亮。于一郎又换上了女式妆容，比男装时更显沉默与冷艳，似乎在拒绝旁人靠近；而一到休息，她便立刻换回短打扮的男装，这才能看见笑脸。梦生坐在她旁侧，两人肢体不时碰触，却无话可说。他生性喜欢沉默，然而与于一郎待在一起，沉默却让他有些难以忍受。

“你不喜女装？”梦生打破僵局。

于一郎裹紧了衣裳，没有回答。

梦生尴尬闭嘴。过了一会儿，他听到于一郎说：“你不喜欢你的脸？”

“谈不上……”梦生说道。

“那为何要戴面具？”

梦生的眼前再次浮现出许多张脸庞，他们凭空出现在车厢的黑暗中，又流沙般倏忽逝去。

“我不想当女人。”于一郎说，“这个世道，女人生来就只有被侮辱、被残害的份儿。”

“兴许……”

“你不懂。”于一郎打断梦生，“我是怪胎，从小受尽欺凌。父母抬不起头，兄姊更是以我为耻。野孩子把我扒光绑在树上，任意观瞧。没人帮我，是我自己晚上咬断绳子才逃了回去。仅因为我多生了一个乳房，且是个女子，就被人觉得大逆不道。如果不是遇到韩老板，现在我应该早已投湖或上吊了。”

“可你现在……”梦生犹豫道。

“我知道你想说什么。”于一郎转过头，对着梦生。他们两人面面相视，黑暗虽遮蔽了对方的面孔，却能感觉到彼此的呼吸。

“我是故意如此。既然当怪胎早已注定，与其任世人嘲笑，不如让他们掏完钱再笑我。”

梦生怔怔地望着她。

“可是，我仍厌恶自己生为女人。”于一郎声音沉下去，“我总是想，如果我是男人，兴许没人会在意我的怪异。我依然可以种地或当兵，娶妻生子，过正常人的一生。就因为我是女子，这一切都不可得了。”

梦生起身，从前门钻出马车。黑人车夫正站在马匹前抽烟卷愣神，看着从马鼻孔冒出的白烟。据说他出生在非常炎热的国度，现在倒是适应了京城严酷的冬季。

梦生下车是为透气。刚刚车厢内的交谈与黑暗氛围令他备感压抑。他低着头，任由寒气灌满体内，耳朵与鼻尖冻得僵硬，并未留意有两人正从宫门走出，朝马车款步行来。

“哈哈镜，你没事吧？”于一郎探头喊道。

“没事……”这时，梦生顿然止步，看着那走来的二人。

竟是冉公子与赵瞎子。他俩都穿着气派的灰色铁线纱马褂外加长袍，走过马车，未曾注意到梦生。

“哈哈镜，你上哪儿去？”

梦生待二人走远些，也跟了上去。二人出了宫门，招呼人力车，去往东河沿方向。梦生也叫车紧随其后。洋车夫出工不出力，非要加价，得到应许后又出力过猛，跑到南池子时摔了个人仰马翻。洋车夫先横起来，拉住梦生非要赔修车费。巡警赶到后，踢了洋车夫屁股才化解矛盾。如此折腾，冉公子和赵瞎子早已不知去向。

梦生返回时，韩秉谦和学徒们已表演归来。徒弟们头回进宫，兴奋异常，大谈宫殿的宏伟（“就是年久失修，到处荒草丛生”，赵敬熙说），迷宫似的长街还有逊帝的穿着以及随行的记者。逊帝对魔术很满意，留他们吃了馄饨。梦生描述了冉公子和赵瞎子的模样，问他们是否遇到，三人连连摇头。

所有人上车后，黑人车夫甩动马鞭，奔向下一处演出地点。

梦生与三位学徒挤在车尾，闷闷不乐，不停回想今日意外的相遇。他们为何会来到宫中？他也听说过，虽然宣统已逊位，但声威仍在。现如今民国的政府要员和各地军阀大多也是前清旧部，加上宗社党人和遗老们在全国的运作，以及舆论普遍对民国的不满，使得“复辟”之论甚嚣尘上。每天都有人为了一件黄马褂、清廷虚职或死后的谥法，不断往紫禁城跑，甚或花费上万大洋。清廷不得不隔三岔五就对外辟谣，说绝无复辟之心。

难道他们与宗社党竟有瓜葛？想到这儿，梦生后颈发凉。

大亚细亚马戏团的巡演大受欢迎。除了韩秉谦和弟子们的魔术表演为观众惊叹，哈哈镜与于一郎的杂技表演亦是大放异彩。场子上竖起三丈多高的木架，用肉眼几乎无法看到的钢丝连接，下面悬挂高低不同的三只秋千。梦生穿着红白相间的西洋小丑服，脸上涂抹油彩（嘴唇与鼻头涂成闪亮的鲜红），头戴一顶破烂草帽，还插着几根滑稽的鹅毛。这副打扮刚一亮相就会引起观众的哄笑。小丑先在场上逡巡一圈，仿佛搞不清状况的误入者，被眼前的场面吓蒙了。他虚弱的身体摇摇晃晃，不小心就摔了个大马趴。

当大部分观众的注意力都停留在场子上时——此前他们则是在不停地聊闲天儿或吃东西——小丑就该拿出真正的绝活。原本像醉汉般踉跄的身形突然变得稳重，向上一跃，毫不费力就抓住了离地面最近的秋千（尽管如此，这种高度仍不是普通人能轻易够到的）。他的一只胳膊吊在秋千上，开始大幅度地摆荡。

接着，他再次向上飞跃，到了第二只秋千上面。这时的高度如果不小心摔下来，会有断胳膊断腿的可能。观众的目光全部都集中在他的身上，嗓子眼发紧，既害怕他坠落，又有些隐隐的期待。

小丑用力摇晃，毫无悬念地攀到最高的秋千上。他开始做一些惊心动魄的举动，比如假装失足，又用脚将身体钩起；单脚站立；倒立，等等。每当他执意冒险，人群中就会传出惊呼。有些人捂住胸口或眼睛。如果在这里跌落，已是必死无疑。

表演者脸上始终挂着微笑（除非他故意吓唬观众），每一次都有惊无险，因此这笑容更像是某种嘲笑。到了钢丝绳上，小丑有所收敛，他不再做大幅度的动作，而是伸直双臂保持平衡，从一头慢慢地走到另一头。快到终点时，他脚下一崴，笔直落下，半途中抓住离地最近的那只秋千的绳索，安稳落地，毫发无伤。

场内一时静默。人们还未从最后的险情中回过神来，有的孩子和女士还在低声哭泣。紧接着，雷鸣般的掌声。小丑站在场中，兴奋地喘息着，又恢复成了开场时的蠢态，做出各种引人发笑的举动接受观众的欢呼。

下一个节目是掷飞刀。于一郎手持飞刀出场，哈哈镜则靠在一张木板前，头顶瓷碗。于一郎手起碗落，用飞刀将瓷碗从中劈成两瓣。然后换成梨子和核桃——东西越换越小，依旧被飞刀劈裂。最后是一颗果核。于一郎闭目凝神，当她睁眼时，飞刀同时脱手。刀刃贴着哈哈镜的发丝插在木板上。哈哈镜弯腰拾起劈成两瓣的果核，高高举起为观众展示。

到此，表演暂停，场子的老板派几名伙计，到观众席逐个收钱。交钱的继续观看，要不走人——几乎没人离开。下半场是魔术表演，如果说上半场的杂技以危险著称，魔术则是以神秘和骇人的“妖术”吊足了观众的胃口。

巡演轰动一时，京城各大小报纸竞相报道。梦生忽然觉得，自己天生就该做这件事。不光在表演时他感到得心应手，并且他无比享受以这样的身份融入人群中。观众们为他欢呼、震惊或赞叹，可没人知道他究竟是谁。人们只是把他看成一个小丑、一个出色的杂技演员、一个以此为生的演绎者。他成了一个凭空冒出来的家伙、一个不知来历的人。即使演出结束后，他仍很长时间不愿脱去小丑服，也不卸妆，沉浸在从未有过的安宁里。巡演空隙，他喜欢随意地走在街上，到附近四处游逛。孩子们指着他笑，学着他的滑稽样子跟在他身后，他也不恼，还会买些沙果干儿、海棠干儿等零嘴分给他们。

巡演的最后一站是城南游艺园。马戏团提前支起了可容纳上百人的戏棚，门口立起了牌子和宣传画。演出定在三日之后。

城南游艺园刚于半年前建成，位于香厂南侧、先农坛以北，占地广阔，门口有醒目的彩灯牌坊。虽开办时间尚短，但它已力压早先开办的“新世界”，成为京城第一大游乐场所。比起荤素不忌的天桥，这里的娱乐内容更加老少咸宜。两角钱门票，可以尽情玩十二个钟点，早十点进去至晚十点才归家的大有人在。无论哪天，游艺园内都像是节日时的庙会，游客摩肩接踵，灯光斑驳陆离，似一台永不完结的大戏，看不到散场或打烊的时候。

韩老板给马戏团放了两天假，让他们尽情去玩。梦生与于一郎换上便装，挤入人群，顷刻间就像掉入了一座专供享乐的巨大蜂巢。无尽喧嚣搅动起斑斓色彩，留恋其间的人们早已忘记了时间，世界犹如万花筒轮转不止。一切都是新奇的。

一眼望去，游人如蚁，房舍栉比；道路两旁，是数不尽的戏园子、酒楼、茶社、番菜馆、电影院、咖啡厅和杂耍场；马连良、李万春、孟小冬的京戏，焦德海、刘德治的相声，徐狗子的双簧，刘宝全的京韵大鼓，以及各类坤剧、快书、八角鼓、木偶戏，均是当世名角，连番登台。还有新式的文明戏，在上演一出叫“安重根刺伊藤”的新剧，讲述朝鲜人安重根在哈尔滨刺杀日本首相伊藤博文的故事，演员表演惟妙惟肖，尤其是扮演安重根的演员，举枪射向伊藤博文时，博得观众一片喝彩。看完节目，他们又钻进以前从未去过的地滚球[1]房和弹子球[2]房，痛快地玩了几回合。梦生和于一郎四处赶场，没多大工夫便气喘吁吁、手脚酸痛。

“逛这游艺园比练功还累。”于一郎额头净是汗水。话音未落，她又急冲冲拉住梦生到了一台奇怪的机械前。那机械上装有九只灯泡，还有一个拉环。穿制服的人解释说，这叫“九联灯”，测试拉力，拉力越大亮起的灯盏就越多。梦生试了试，亮起七盏灯，于一郎亦是七盏。

“你也不过如此。”于一郎得意扬扬道。

“你比男子厉害。”梦生说。

---

1 地滚球：即保龄球。

2 弹子球：即台球。

相处这些时日，两人脾气相投，平日里总如兄妹般打打闹闹。由于于一郎私下都穿男装，梦生渐渐的便真的不拿她当成寻常女子看待。梦生是家中独子，曾幻想过有兄弟姐妹的生活会是怎样。漂泊十数载，梦生偶尔会想，如果有个亲人在身边，或许很多事情将会不同。

“我认你做个妹妹如何？”梦生脱口而出。

“谁要做你妹妹？”于一郎白了他一眼，“你这人总是突然说些奇奇怪怪的话。”她生气似的背过身，指着卖糕点的小推车，“我饿了，请我吃豆铲糕。”

豆铲糕刚出笼，盛在碟中，浇上桂花红糖卤，犹是烫嘴。看着于一郎不住吹气的侧脸，梦生很后悔，觉得刚才实在造次。

太阳西沉，游艺园内的游人并不见少。男女老少手持灯笼，排成一条长龙，继续游逛。戏园子里依旧咿咿呀呀不停歇。屋舍灯火通明，将夜晚映成白昼。

梦生和于一郎逛乏了，闲散地走着，默默无语。前面围了一群人，他俩也挤进去瞧看——到了放烟花的时候。入夜后，城南游艺园便燃放烟花。只见一处开阔地上有个大架子，上上下下层叠地摆放了数十种烟花盒子。几个小伙计拿着烛火，点燃引线。

先是一阵噼里啪啦的响雷，用以吸引观众。之后，一簇火光冲天，在空中炸开，漫天绽放红色、绿色的火球；紧接着，更多的火簇射向天空。刹那间，火树银花，交织辉映，将所有仰头观看者的面庞都照得红彤彤的。

烟花过后，游艺园终于回归静寂。梦生和于一郎往马戏团的大棚走去，准备回去休息。灯盏接连熄灭，四处的屋宇仿佛一瞬间人去楼空。三三两两的游客默然地消失在夜色深处，扔在地上的灯笼和小风车被踩得四分五裂，天空中飘荡着淡淡的烟尘。

与于一郎分别后，梦生独自坐在大棚门口的木凳上。玩了一整天，他身困体乏，却不想睡觉。今日，某种预感一直在捉弄他，忽而闪现，忽而消失，但他知道，有件事迟早会发生，就在今晚。这是他身为刺客多年练就的直觉。此刻，他唯一能做的就是静静等待，让自己尽量放松下来，以恢复精力。他轻揉膝盖，活动腰肢和脖颈，又动了动脚趾。月光明澈，他可以清楚地看到地面上自己晃动的影子。

一只鸽子先是在大棚上面盘旋了几圈，然后降落在梦生面前，收拢翅翼，歪着头，用一双漆黑如棋子的眼眸机敏地望着他。梦生点点头，站起身。鸽子并未惊走，反而朝前蹦跳了两下，忽然舒展双翅，利箭般射向夜空，在梦生头顶徘徊，向某个地方飞去。

梦生不远不近地跟在后面。

不一会儿，他由鸽子引领，走出游艺园的南门，来到“四面钟”的下面。四面钟有三丈高，下方上圆，状似铁锚，因塔顶四面各装有大时钟而得名。鸽子落在塔顶，无声地凝视梦生。

四下无人，连卖夜宵的小贩也不见身影。梦生在四面钟底下的铁质栏杆前站住，待了片刻，他大喝一声，袖中飞刀悄然滑落，挡开迎面而来的毒镖——飞刀是他趁于一郎不注意时偷来的。

又有三支毒镖接连从黑暗中射来。梦生躲到四面钟的另一侧，然而毒镖亦紧随而来，不容梦生丝毫喘息。四面钟附近几无遮挡，梦生只得绕着钟楼躲避毒镖，狼狈不堪。

“赵爷！”梦生情急中喊道，“让我死个明白！”

毒镖停止了。其中一枚就插在离梦生一寸近的地方，拇指长短，细如钢针，闪烁着寒光。

一名老者仿佛从虚空现身，背着双手，眼窝深陷成两只黑洞。

“赵爷，到底是怎么回事？”梦生喘着粗气，“我一点也不明白。”

“你为什么还留在京城？你本可不死，完全自找。”赵瞎子语气中似有无限遗憾。

“是您老要杀我，还是燕社要我的命？”

“我与你无冤无仇，自然遵从社首之命。”赵瞎子说道。

“社首？”梦生瞪大眼睛，“我做错了什么？”

“亏你还是刺客，竟说这等无聊话。”赵瞎子摇了摇头，“今晚便是你的死期。”

说罢，赵瞎子大手一挥，又几支毒镖朝梦生面门射来。梦生用刀刃挡开，再看时，赵瞎子已没了踪影。

梦生知道赵瞎子的厉害，不但身手了得，更善使暗器。自己纵然可以躲避一时，但总会露出破绽，到时绝无生机。就这么结束了？梦生心想。

他驻身停步，抬眼望到四面钟上一动不动的鸽子——它像是原本就锈在那里的雕塑，冷静地看着下面正在发生的事。毒镖正冲他的面门而来。

梦生愣住，看见一个人毫无征兆地挡在自己面前。随着一阵丁零乱响，那人用某件兵刃拦下了划破夜色的毒镖。

“来者何人？”赵瞎子愤怒地叫道。

前面那人并不理会，而是回过头，朝梦生笑了笑。

梦生认出，这个刚刚救了自己一命的人，正是文明戏《安重根刺伊藤》里扮演安重根的演员。他手里握着一柄细长的利刃，穿着黑色裘衣，留着山羊胡，像是一只正在猎食的老鹰。

“好久不见了，赵爷。”“安重根”说道。

“我估摸着就是你。”赵瞎子冷哼一声。

“安重根”除掉山羊胡，嘲讽似的对梦生说：“不是只有你会。”

“双寒冰。”梦生面无表情。

“不自量力。”赵瞎子冷笑道，“你们一起上。”

“知道您厉害，那晚冉公子没得手，就请您出山。从小我就听说，您的毒镖如何令人闻风丧胆，燕社上下无人不服。”双寒冰说道。

“那还来送死？”

“别忙，话没说完。”双寒冰道，“所以在下便想了点法子。”话毕，双寒冰以刀指天，又猛然劈下。片刻后，周围各处传来一阵阵麻雷子、二踢脚的巨响和火光，正是烟花表演前吸引观众的前奏，惊得那只鸽子开始胡乱扑腾翅膀，却不知该飞往何处。

赵瞎子自知双寒冰利用了自己只能凭借耳力的软肋，用响雷阻扰听力。他暗骂一声，转身要走，双寒冰已然贴到他背后，将细长的刀刃穿进他的脊骨，刺中要害处。赵瞎子来不及叫喊，便栽倒在地。

炮仗声湮没，滚滚烟尘雾般升腾，仿若硝烟弥漫的战场。双寒冰立于雾中，盯着地上已然动弹不得的赵瞎子，刀刃滴血。

“您老这么大年纪了，何苦。”双寒冰叹道。

“少说废话，”赵瞎子啐道，“我早知有这么一天，只是没料到死于今日。若不使诈，你们未必赢得了我。”

“亏您还是刺客，竟说这等无聊话。”双寒冰说着，剑尖朝下，刺入赵瞎子喉咙。

完事后，双寒冰从衣兜里掏出手帕，擦拭刀刃。半晌，他头也不回地冲仍站在原地的梦生说道：“看到这钟没有？明晚八点，我会在这儿等你。回去睡觉吧。”

翌日八时，梦生准时来到四面钟下。此时，往来游人、商贩、人力车，以及从附近天桥市场散场归来的卖艺人，在这座钟楼下络绎不绝。一切如常，昨晚的事似从未发生过。梦生有些痴愣，不禁想到在这偌大京城的各个角落，每日不知会发生多少惊心动魄之事，然而转瞬间即湮没无踪，仿佛画在细沙上的字迹，被风轻轻吹去。

有人从后面拍了拍梦生的肩膀，是双寒冰。他还是那副笑呵呵的模样，长袍外加黑色暗花纹的对襟马褂，头戴礼帽，文明棍轻触地面，俨然绅士气派，与昨夜大开杀戒的形象大相径庭。

“你有什么话对我说？”梦生问。

“你想问我什么？”双寒冰面露微笑，好像在故意打哑谜。

梦生不语，他知道双寒冰对任何事都心知肚明。果然，双寒冰稍稍收敛笑容，对梦生说：“这儿不是说话的地方，随我来。”衣袂摆动，已然走到前面。

“带我去哪儿？”梦生跟上，警觉地问道。

“今晚我请客，顺便领你见个人。”

梦生满腹狐疑。行走不多时，二人来到一家清真馆子。双寒冰用文明棍指着店铺的招牌说：“这家的炙子烤肉甚为有名，今日我做东。”

端详双寒冰的神色，梦生忽然觉出，他是在故作轻松。恐怕有要紧的事对我讲，梦生心道。

还没进店里，烤肉的香气已扑鼻而来。进到里面，是个小院子，上支罩棚。院里有几只炉子，上面都架着被火烤得焦黑的铁炙子，火苗蹿得老高。每只火炉旁围摆着三四把长板凳，食客并不坐，而是一只脚踩在长板凳上，另一只脚站在地上，手握细长的、用江苇制成的筷子，夹铁炙子上的烤肉吃。

其余的炉子都围满了人，吵吵嚷嚷，喝酒划拳，只有一个炉子前冷冷清清，单独站着一个瘦小枯干的老头，举着筷子，茫然地盯着炉火。双寒冰朝那老头走去。

“老毛头！”双寒冰热情地招呼道。

老毛头有些局促地看着双寒冰和梦生。

“这位是育婴堂赶牛车的老毛头，负责巡弋城西一带。”双寒冰介绍道。

梦生知道育婴堂的牛车。京城贫苦人家常会遗弃婴儿，牛车就是专门捡拾这些弃婴，若尚未断气，便送到育婴堂救治，如是死婴就拉到城外掩埋。牛车悬有黄色布匾，上书“陆地慈航”，每日在城中巡视。除了婴儿，如发现“倒卧”[1]也往往一齐搬上车，埋到城外义地。育婴堂的牛车并不多，有时也就派出一到两辆车满城转悠。

老毛头脸色微醺，应该是刚刚喝了酒。梦生看看他，又看看双寒冰，不知道后者葫芦里卖的什么药。

“快快上肉！”双寒冰急不可耐地拍了拍手，随后脱下马褂搭在肩头，解开胸前的扣子，敞胸露怀，也如其他人那样一只脚踩在凳子上，准备大快朵颐。

肉陆续端上桌，以及酱油、醋、姜末、卤虾油等佐料，另有一小碟放糖蒜和黄瓜条爽口。生肉已在白水中洗去了血腥，蘸满佐料。炙子上先放葱丝垫底，肉覆于其上。松柴嗤嗤燃烧，油从肉里冒出来，呲啦作响。待到七八分熟，再将碗中所余的佐料汁儿倒在肉上，彻底入味。

双寒冰吃得额角生汗，老毛头又要了烧酒，边吃边喝。馆子里是热火朝天的景象，烤肉的热腾气儿驱散了严寒。然而梦生却毫无胃口，他斜眼盯着双寒冰，等待下文。

---

1 倒卧：指因饥饿、寒冷死在街头的流浪者。

终于，吃了两大盘羊肉后，双寒冰才像是想起正事来，说道："把老毛头请来，是想告诉你一件事。"

梦生放下筷子。

"你曾告诉我，那日唐盼的尸身是被陆地慈航的牛车拉走的。"

"是，大院的老妈子跟我说的。"梦生心下黯然。

"正巧，我与拉牛车的老毛头是旧相识，他此前曾多次借住生意下处，只不过自大柳出事后，下处就已然被废弃了。前些天我与老毛头偶遇，忽然想起此事，便向他询问。你猜怎着？老毛头根本就没去口袋胡同拉过人。"

"双先生说得不错，那一片是由小老儿我负责，从未与口袋胡同的那些人有过交往，更别提替他们掩埋尸体了。"老毛头尽管喝了不少酒，口齿倒十分清楚。

梦生一时怔住。

"这么说……我受骗了？"他盯着蹿升的火焰，像是在喃喃自语，"可是……为何……"

"恐怕他们对外如此宣称，只是为了方便。想那女子孤苦伶仃，无人会去刨根问底。"双寒冰正色道，"不过，这就留下了漏洞。"

"你的意思是？"梦生觉得牙齿不由自主地打起战来，鼻头也变得冰凉。

"唐盼之事，另有蹊跷。"双寒冰也放下筷子，注视梦生。

"蹊跷……"事发突然，梦生竟不知如何是好。

"我想，口袋胡同里还藏着不为人知的秘密。"少顷，双寒冰说道。

炙子上还留有几片羊肉，无人去夹。梦生用筷子扒拉着早已烤成黑炭的肉块，过了许久，抬头说道："难道与山内丰成有关？"

"不知，眼下只能猜测。"双寒冰说完转向老毛头，问道："您老可吃好了？"

老毛头心领神会，忙道："吃好了，吃好了。"

"辛苦您了，这是一点心意。"双寒冰将一块银圆塞进老毛头手中。老毛头连连道谢，裹紧棉衣，拿走余下的烧酒，离开了烤肉馆。

待老毛头走出大门，双寒冰从怀中拿出一张揉得皱巴巴的照片，放在梦生面前，"你可以看看这个。"

照片上是一男一女，都不过十岁左右的模样，穿着华丽的日本和服。梦生指着那个男孩，"这是山内？"

"不愧是燕社刺客，一眼就认出。"双寒冰称赞道。

梦生不动声色，又仔细凝视那女孩。

"看出来了？"双寒冰问。

"嗯。"梦生困惑地点点头，"这女子与唐盼有几分相像。"

"没错。"

"难道真是唐盼？"梦生讶异。

"非也，这是山内丰成的亲妹，小名阿初，在十一岁时去世了。"

"这些你是从何得知？"梦生用锐利的目光盯住双寒冰，"你既已知晓我的刺客身份，想必你的身份也不简单。”

双寒冰颔首，似乎等这句质问已多时了。

“我知道，自你那晚遇袭，就已知晓我并非普通的报馆先生，否则也不会不辞而别。只是，你现在的装扮也未免太难看了。”

“还是说回正题吧。”梦生不耐烦道。

“我曾去东洋留学，与山内算是同窗。”

双寒冰忽然停住话头，唤来伙计，又叫了两杯烧酒。梦生见识过他喝醉后的形状，忙拦住，说道：“讲完再喝不迟。”

“十二年前，我入读京都帝国大学，与山内是同级。我修法学，他修动物学。我们在一家教习剑术的道馆结识。山内性情忧郁，不爱说话，而我初到东洋，也没什么朋友，我们相熟后，偶尔会去道馆附近的酒馆喝酒。他很少谈及自己的生活，对家世之类更是几无涉及，只有聊到制作动物标本时才会兴致勃勃。我对标本毫无兴趣，但难得不至于相对无言，便耐着性子听下去。还记得他曾说，标本可以将动物的神态还原至最佳，甚至比它们活着时更为美妙。

“‘我是在创造真正的生命’，有次喝醉后，他反复重复这句话。‘什么意思？’我问。‘标本让它们最美丽动人的时刻永远固定下来，而在它们所谓活着时，却从未拥有过这等美丽。就好像那原本逝去的、只能停留在脑海中的最美好的记忆又重新回到了现实。’他便是如此解释。‘难道它们的美，比活着本身还重要？’我问。说实话，他说的让我觉得有些不可思议，也无法理解。听到我的话，他突然抬起头，紧紧地盯住我，那种眼神我至今记忆犹深——夹杂着狂热、痴迷与悲伤的眼神——然后缓慢而坚定地说：‘是的。’从那以后，我们再未聊过关于动物标本的话题。”

双寒冰小口地抿着烧酒，眼睛似乎在望着一个不存在的人。

“快结业时，也是一次酒后，他拿出一张照片，告诉我，照片上的女孩是他的妹妹，可是在十一岁时便溺水亡故了。他凝视照片，欲言又止，比平日里显得更为忧郁。我感受到一种强烈的情绪——除了聊起动物标本的短暂时刻，我很少在日常中见到。实际上，山内几乎从不流露什么情绪，像一个木偶人，很难从他脸上判断是高兴抑或生气。而在那天，他整个人都笼罩在悲哀的情绪里，于是我断定他与死去的妹妹一定感情至深。没想到，他忽然咒骂起来。‘我憎恶照片！’他发疯般大喊起来，‘这不是我记忆中阿初的模样！’从他凌乱的话语中，我得知他憎恨的原因：照片虽看似是还原现实，实则却是对现实的扭曲。那仿佛是另外一个陌生的世界，会对他的记忆造成某种冲突。他作势要撕掉照片，被我拦住。‘既然你喜欢就送给你好了。’他冷笑着将照片留在桌子上，摇摇晃晃走出了酒馆。

“那是我们最后一次喝酒。自那以后，他就故意躲着我，我想是觉得丢人吧，或者可能是说出内心的秘密与伤痛对山内而言不太自在。而从照片里，我也猜到他定非等闲出身——那可不是寻常百姓家的衣饰。后来我印证了猜想：他竟是土佐华族。”

双寒冰将最后一杯酒一饮而尽，并未有醉态。

烤肉馆子里的几桌人已经离开，只剩下他们一桌。伙计正安静地收拾桌上的碗碟。

“你还是没回答我的问题。”梦生说道，“你究竟是什么人，怎么知道燕社的事？与那个刺客又是什么关系？”

“我曾也是燕社一员。那晚的刺客是冉公子。”

梦生默然，等他继续说下去。

“我知道你从未听说过我，因为我早就脱离了燕社，成了叛徒。”双寒冰重新穿好马褂，正了正帽檐，“社首是我父亲。”

这句话有如重击，令梦生目瞪口呆。在燕社效力这些年，从没听过社首还有子女。

“时辰不早了，咱们边走边说。”双寒冰道。

“我生长于燕社，从小就被父亲以刺客的准则严格训练。二十岁前，我从未对自己的人生有过半点疑虑——成为出色的刺客，辅佐父亲，护卫燕社。直到我留学东洋——父亲的本意是让我拜访名师，学习东洋秘术。秘术没学到多少，眼界倒是开阔了。休假去东京时，我结识了几名成城学校修军事的清国留学生，我们一见如故，开始频繁交往。于是我得知，他们是革命党人，主张暴力革命，并且成立了暗杀组织，准备回国暗杀清廷重臣。

“他们大多与我年龄相当，剪掉了辫子，定期聚会、写文章，慷慨激昂地讨论局势和行动。我很快被打动。说到底，燕社这类传统刺客行，是将自己看成他人凶器，所谓借刀杀人，我们便是那把利刃。号称中立，说难听就是不问是非，甘愿成为作恶的工具。而那帮年轻人不一样，他们并未受过任何刺客训练，完全是一腔热血，不顾生死，每个人都憧憬凭一己之力改变这个国家。回国前，我加入了革命党人的暗杀组织。

“得知此事的父亲怒不可遏，责令我退出，而我心意已决。在我看来，生逢乱世，所谓中立与作恶殊途同归。我已无法忍受将自己当成他人手中刀——刀不需要情感，不需要思想，更不需主张，但我是个人，而遇到这些年轻人之前，竟全无做人的意识，二十年白活了。我就这样原原本本告诉父亲，换来的是监禁。我逃了出来，以行动脱离燕社。你也知道，燕社铁律，无故脱离，视作反叛，天涯海角，必受追杀。父亲铁面无私，亲儿子亦不例外。我只能逃离京城，南下广州，一路上有惊无险。经人介绍，我认识了思复先生。

“思复先生是奇人，曾自配炸弹，为暗杀广东水师提督李准，导致自己面部毁容，左手五指俱废。后来思复先生成立东方暗杀团，又暗杀广东将军凤山，以及一系列大小官员。‘十步之内，剑花弹雨，浴血相望’。当时我们认为清廷祸国殃民，只要推翻满清，还政于民，国家就会强大。辛亥年初，我随思复先生潜入京城，准备刺杀摄政王载沣，后得到消息，南北和议已成，清帝退位。志向既已达成，思复先生当即决定解散暗杀团。”

入夜，行人稀少，一个挑担的小贩远远走来，口中高喊：“喝了蜜的柿子，涩来换！高桩的柿子……”嗓音却是十分苦涩。双寒冰过去，买了两个大柿子，继续往前走。

“本以为，帝制结束，迎来共和，国家风气定会为之一变。

谁承想，短短几年间，先是洪宪复辟，之后军阀打着宪政的旗号连年混战，民不聊生，所谓民国名存实亡。看似革命成功，却换汤不换药。当初不顾性命孜孜以求的东西，却成为这样的结果，怎能不令人心灰意冷？我眼看着一起出生入死、意气风发的热血青年渐渐凋零，甚至因悲观失望而自杀——要知道，当年他们即使身陷囹圄也从未气馁，毕竟那时他们能看到前方的一点光亮，可现在那点光亮却被证明只是幻光。”

说话间，二人已走回四面钟，城南游艺园的大门遥遥相望。

“那冉公子又是怎么回事？”梦生站住。

“实在惭愧，我虽爱好说书，说话却夹头去尾，混乱不堪。说起冉公子，还得回到我留学东洋那会儿。”

双寒冰坐在四面钟底座的石台上，双臂抱在胸前，手缩袖中取暖。

“在京都的小酒馆里喝酒的其实不止我和山内，还有一人，便是冉公子。我俩算是幼时相识。在燕社中，冉公子身份尊贵，冉家世代为燕社效力，先祖冉昂更是抗倭英雄。壬辰倭乱时，冉昂斩杀大将丰臣秀胜，夺得传世名刀‘一期一振’，如今传到了冉公子手中。他比我去东洋更早，似乎一直在修习剑术，经由我认识了山内。那两年，我们三个几乎每日流连于道场与小酒馆，游览古迹，或是醉醺醺地去祇园看艺伎和傀儡戏，日子过得着实潇洒。

“与我不同，冉公子从小就志向远大，非常清楚自己想要的是什么。因此，他虽然人一直在东洋，与燕社若即若离，但对北京城中大大小小的事态了如指掌，也是他告知了我山内的华族身份——而我与山内是同学却完全不知。我回国后，山内也回到土佐老家，成为土佐商会的理事。冉公子继续留在京都，此后他们二人应该一直保持着联络。

“冉公子看重的是山内的商会身份。土佐商会的前身是幕末名士坂本龙马创立的海援队，以船运业起家，如今更是涉及汇兑、保险、仓储等诸多业务，实力雄厚。不知他们二人达成了什么秘密交易，总之我了解到的是，山内调来北京后，冉公子也从东洋回京，凭借山内的资助，在燕社内部拉拢了许多自己的人马，不断扩充实力。我想，他的目的很明显，就是要夺取社首之位。”

“那么，现在燕社出了大问题？”梦生说。

“没错。”双寒冰有些沉重地点了点头，“因我脱离燕社太久，具体发生了什么也无从得知。就我掌握的情况看，燕社已逐渐被冉公子所控制，赵爷为他卖命就是铁证。”

“你怎么知道赵爷要来刺杀我？”

“我虽不在燕社，但终究有不少从小一起长大的弟兄和长辈。他们中有些人不满冉公子所为，便给我透露了消息。”双寒冰道，“所以才早有布置。”

“那社首现在何处？”梦生急忙问道。听到双寒冰所讲，终于印证了他长期以来那种模糊不清的担忧。

“不知。”双寒冰神色落寞，“暗杀团解散后，我回到了京城，开始在报业谋生。或是念及骨肉亲情，或是因我金盆洗手再无刺客身份，燕社也未再追杀我。井水不犯河水，就这样安稳过了六年，其间我与父亲从未见面。直到今年六月，父亲突然找上门来。这些年不见，父亲比我想象中老得更快。他说，想拜托我一件要紧事，让我去保护一个人。”

“保护一个人？”

双寒冰目光炯炯，盯着梦生，继续说道：“父亲告诉我，冉公子近些年受到土佐商会资助，勾结宗社党，在燕社中又培植了大批自己的力量，照此下去，恐怕燕社将有灭顶之灾。所以，父亲决定派最信任之人刺杀山内丰成，他希望我可以暗中保护此人，直到山内毙命。”

“你应了社首？”梦生叹了口气。

“我答应了。父亲说，当初本希望我继承他的衣钵，没想到事与愿违，父子反目。他一生从未让我为他、为燕社做过任何事，这是唯一的一件。”

“社首可还安好？”

“自上次那回见面后，便全无父亲的消息。”

双寒冰将一只冻柿子递给梦生。

“我知道，你躲进马戏团改名换姓，甚至连面容也隐藏起来，就是为了逃避这些纷争。可是你真躲得了吗？”

梦生低头不语。

“该怎么做，你心如明镜。”说完，双寒冰站起身，头也不回地走入夜色中。

回到马戏团的大棚已是四更天。短短几个时辰，梦生却觉得过去了几年。他坐在门口的板凳上发愣，听着远处偶尔传来的犬吠和卖硬面饽饽、砂糖麻花的小贩吆喝声。月被几片灰云遮住，过了一会儿，又露出头来。风停止了，云仍在缓慢挪移。再过一个多时辰，天色将明，早点铺子将会支起来，胡同里将会传来漱口、亮嗓和烧开水的声音，第一辆人力车也将会从黯淡的晨星下跑过，又会有新一波的游人陆续涌入游艺园。

新的一天……

有人将手搭在梦生肩头。他回过头，是于一郎。

“还没睡？”梦生问道。

于一郎淡淡一笑，坐在梦生身旁。

“前日我听到半夜有爆炸声，担心得睡不着觉。”

“是炮仗……”梦生盯着自己的脚面。那双毛窝儿已经很破旧了。

“是不是遇到了什么事？”

梦生看向于一郎，又低下头。

“是。”他说，“一些很难办的事。”

“等会儿。”于一郎忽然起身离开，片刻，她端着一盆水走来，将铜脸盆放在梦生脚下。

“这是……”梦生疑惑。

于一郎笑而不语，用毛巾浸满水，擦拭梦生脸颊。梦生领悟，自己接过毛巾，然后浸湿面具与皮肤黏合处，将那副假皮囊慢慢褪下。

于一郎凝视梦生面庞，目光闪烁。

“你不会永远是哈哈镜。”她轻柔地说。

梦生点点头，将怀中的冻柿子放入水中。不一会儿，柿子渐渐变软，有细小的冰碴从红彤彤的柿皮滤出，像是包裹着一层霜。

那件事发生之后的很长一段时间，我的记忆变得含混而零散，仿若从我眼前倏忽过去的一张张图画。我什么也不用干，什么也不用想，只要眨眨眼，那些图画就自动在我面前经过。

我变得麻木不仁，对一切事物都无动于衷。即使我从怜悯我的乡人口中得知：没几个月，朝廷就变了态度，张氏一族的几个罪魁祸首相继被问斩，我听后也没任何感觉，只是痴傻般地坐着。我不知你能否理解——从始至终，我连仇家的相貌都不曾见过。我不知自己是否真的应该对他们产生仇恨。他们对于我，准确地讲，是一群黑夜里晃动的影子。

十

西四牌楼的街市上，行人依旧喧嚷。一列驼队走过后，梦生和于一郎出现在吉祥旅店的门前。年关将至，大街两侧到处是卖菱角米和薏仁米的铺子，市声此起彼伏。干燥的街面，车马驶过便会掀动团团尘土。

如果由外人看来，梦生与于一郎像是一对刚刚进京的兄弟。旅店内，那名伙计依然在伏案打瞌睡。梦生走上前，用手指敲了敲桌面。伙计惊醒，嘴角还挂着口涎。

就在几个时辰前，他们刚刚与韩秉谦告别。

“我早就想到有这一天。”韩秉谦腰身笔直，敏锐的目光并不因年龄的衰老而有所折损，“你定不会在马戏团长待。只可惜，世间再无哈哈镜。”

梦生安静地站在韩老板面前。

“不过，你大可一走了之。还来请辞，说明你眼中还有老朽。”

“不敢。”梦生微微欠身，“韩老板您不计过往收留我，在下感激不尽。由于事态紧急，无法完成巡演，请您恕罪。”

“无妨，无妨。”韩秉谦乐呵呵地摆摆手，“虽然我几个徒弟不争气，但勉强撑起门面还是可以。再说，我不是还活得好好的嘛!”他说着捋了捋头发，那满头银发梳理得一丝不乱。

“在下告退。”梦生双手抱拳道。

“请稍等。”韩秉谦叫住梦生，慢慢起身，从随身携带的几只大箱子中翻找起来。少刻，他拿出两枚古旧的钱币，放于左掌。钱币上刻有“康熙通宝”的字样。

“这两枚钱币是我的师父传给我的，也是我学的第一个戏法。”说着，他合上手，对梦生道，“你猜，钱币在哪只掌中?”

“左掌。”

韩秉谦张开左掌，空空如也。

“右掌?”

韩秉谦眨眨眼，张开右掌，依旧是空。

“奇了。”梦生笑道。

“你把手给我。”韩秉谦吩咐道。

梦生伸出左手，握紧拳。韩秉谦用手指轻轻碰了碰那只拳头，又吹了口气，“现在可以打开了。”

刻有“康熙通宝”的钱币正稳稳地放在梦生掌中。

“怎么做到的?”梦生问。

“你不是魔术师，我自然不能传授于你。不过，我可以告诉你一些其他的——在变动钱币时，我心中既没有想钱币本身，也没有想着‘我在表演戏法’，这些念头统统没有。我正在做的，只是‘移动’。”

梦生思考了一会儿，再次合掌道：“受教。”

“走吧。”韩秉谦收起笑容，“早知我就不收留你了，这下我损失可大了。”

梦生不解其意，这时从内屋忽闪出一人，正是于一郎。她仍身着男装，背着包囊，喜气洋洋的表情。

“你这是……”梦生大为惊讶。

“你这人，前几天不还说认我做妹妹？刚认了就要撇下我不成？”于一郎笑着。

“可不是闹着玩儿的。”梦生神色慌张，盯着地面自言自语道。

“你嘟囔什么呢？”于一郎走到门口，眯起眼望了望天，回身道，“日头正好。还走不走了？不走我现在就把包囊放下，咱们老老实实地继续排演杂技去。”

“客官是要住店？”旅店伙计堆起笑脸，似乎已彻底忘记了梦生的面容。

梦生和于一郎抬脚进入店内，往楼上走。伙计热情地跟在后面。

“要两间房。”梦生道。他来到原先自己住的客房前，并没其他旅客居住，“我要这间。”

于一郎住在隔壁的客房。

还像之前那样，店内的房间大多空着。进得房内，梦生推开窗子，映入眼帘的是熟悉的玻璃庄。墙面上的霉斑更严重了，远看如同一幅水墨图，渗发着寒意。床板冷冰冰的，梦生躺下，小憩片刻，等待太阳西斜。

睁眼时，屋里的光线暗了几分。大街上的声音清晰又遥远，如同睡梦中的异域。他走出房间，拍打于一郎的房门。

"终于想起我了？"于一郎语带讥讽地说。梦生转身关上了门。

"我要做的事很危险，"他说，"并且与你无关。你没必要……"

"想轰我走？"于一郎笑着，令梦生无从揣测她的真实想法，"和你一样，我不可能永远待在马戏团。如果你真的这么厌恶我，现在我就在你面前消失。"

"我只是不想连累你……"梦生避开她的眼神。

"不用管我，"于一郎坐回床上，斜睨着梦生，"就像我也不会管你做什么一样。等我觉得没意思了自会离开，到时你想留也留不住。"

梦生无言以对，退出房间。

阳光一点点变得稀薄、淡漠，街上的铺子纷纷上了门板。梦生出了旅店大门，向口袋胡同而去。只过了短短数月，再次置身胡同口，却像是久别重逢。梦生放慢脚步，没走多远，就看见了那盏清幽的灯笼。

这里的一切都未曾改变，变的是心境。他不禁想起自己第一次踏入这座院落的那晚，与此刻已然判若两人。现在，他失去了燕社，失去了社首的庇护，科点儿也无从谈起。短短数月，他已不是一名刺客——不是刺客，他又是谁呢？梦生纵身翻越山墙，轻飘飘落入院内。阒然无声。

他此刻所有行动，都已与燕社和刺客无关，他是在为自己行动。月光明晃晃地照在他肩头，冷飕飕的风吹拂着面颊。

他自如地穿梭在错综复杂的游廊与小径。见到人影，他便隐藏起来。他走过一间间灯火通明的房屋，听到传出的欢声笑语与丝竹之声。电灯比月光亮堂、刺眼，欢畅的歌声似乎比寒风更凛冽。

来到熟悉的厢房门前，梦生踏上石阶，轻轻推开门扉。屋内一片黑暗，有鼾声从里间均匀传来。梦生掀起帘子，只见铺盖之中露出两颗黑黝黝的脑袋。他悄声靠近，俯身凝视床上之人。那女子正是唐盼。梦生惊得手足无措，掌中冒汗。可就在刹那，女子的相貌就变了样，月光显示出真实的轮廓——分明是一张陌生女子的脸。她与枕旁的男人都在沉睡。

回到院子，梦生打算再探查一番山内那座神秘的小院。就在这时，他看到近旁的露地躺着一个人。走近瞧看，正是此前遇到的偷听他与唐盼谈话的怪人。一股浓重的酒味。

“大闻。”梦生还记得他的名字，踢了踢这个烂醉如泥的家伙。

“别动我。”大闻不满地转个身，又睡去了。

梦生揪住大闻的前襟，一把将他拎起。大闻的个头仅到梦生胸口，立刻两脚悬空。

“谁啊？”他睁开醉意蒙眬的眼睛，费劲地瞅了瞅，忽地嘿嘿笑起来，“我认得你，是你，盼姑娘的相好……”

“你还记得我？”

“当然，这儿的人都觉得我脑子不灵光，其实她们那点儿勾当全逃不过我的眼睛。”大闻用手指在自己眼前比画了两下，“我怎么觉得够不着地了？”

梦生放下他。大闻一屁股坐在石砖地上，疼得直抽气。

“那我问你，唐盼去哪儿了？”

“还能去哪儿？死了呗。”

“你亲眼所见？”

“当然不是。”大闻打了个酒嗝，“掌班让我们这么说的。”

“实情呢？”

“为什么要告诉你？”大闻噘起嘴，像个生气的孩童，“这事儿没几个人知道。告诉了你，掌班又该打我板子了。”

话音未落，一枚银圆落到他面前，叮当乱转。大闻双目放光，逮蝈蝈般捂住银圆，像是生怕它溜了。过了一会儿，他拾起银圆，手指弹拨，放在耳边听响。

“可不能告诉别人。”他神秘兮兮招呼梦生靠近来。梦生蹲下身，凑到他嘴边，忍受着熏人的酒气。“告诉你，”大闻一字一字地说，“唐盼去山内先生的房里了。”

梦生心中一震。果真与他有关。

“然后呢？”

“一直没出来。”

“什么意思？”

“你是不是脑子不灵光？”大闻皱起眉头，“就是没见她从山内的房间里出来呗。有几个月了？”他掰起指头却怎么也数不清楚，便干脆放弃，“反正好几个月了！”

梦生还想再问些什么，大闻已躺倒在地，不省人事。

大闻的话印证了双寒冰的猜测。这样一来，梦生反而冷静下来。不可鲁莽行事，他想，如今能够救出唐盼的只有自己，前提是……他不忍再想下去。

前提是，她还活着。

一宿未眠。到天色大亮，梦生才有了些许倦意。嘈杂的大街上人马鼎沸。卖年画和供花的商贩不觉间多了起来，他们哑了嗓子地高声吆喝，走街串巷，兜售春节的气氛。这叫卖声忽远忽近，富于节奏，令梦生眼皮沉重。他关上窗子，和衣而眠。

还未睡熟，就听到有人打门。梦生猛地坐起身，盯视房门。又两声过后，他警惕地问："谁？"

"是我。"双寒冰爽朗的嗓音在门外响起。

梦生打开门，把他让进屋内。双寒冰摘下帽子，腋下夹着一只木匣，梦生瞥了一眼，没言语。

双寒冰将木匣放置床上，打开盖子——里面装满锃亮的银色子弹，好似某种动物的卵。子弹之上，放着一支崭新的手枪。

"这是毛瑟手枪和一百发子弹，花了我七十块大洋。"

梦生拿出枪，在手中把玩。枪身被细心擦拭过，光洁亮丽，闪烁着冷森森的光。比起左轮手枪，毛瑟手枪的威力和准度都更强。握在手中的重量也恰到好处。

梦生将手枪放回木匣，"我不是你的棋子。"

"没人把你当棋子。"双寒冰道。

"现在我被燕社追杀，再谈什么刺杀之类岂不荒谬？"

"说得没错，所以你是在为自己行事。"双寒冰道，"你要自己拿主意。"

梦生默然不语。

“这次我不会逃，”过了好半天，梦生才缓缓说道，“被引导也罢，棋子也罢，自行其是也罢，我不想考虑这么多，累得慌。”

“接下来准备怎么做？”双寒冰问。

“再潜入山内宅中，伺机而动。”梦生道。

“不可。”双寒冰摇头道，“自赵瞎子死后，山内的布防绝对更加严密，定在院中设下重重机关，就等我们自投罗网。到时还未见到山内，自己就先失了性命。”

“那怎么办？”

双寒冰微微一笑，“其实也好办。赵瞎子之死，让冉公子大为受挫。他的社首之位尚不稳当，不可能再派得力的刺客前来保护山内。毕竟，山内对他虽重要，但由此导致手下精英尽失，反而得不偿失。更何况，他有更大的野心，并非针对你我。现在他已夺得社首之位，山内对他便退居其次。我已打探清楚，目前在山内身边的主要是四名宗社党人——容氏兄弟与那氏兄弟，这四人以前均为禁宫护卫，颇为难缠。如果将他四人除掉，那院子也就与空城无异。”

“这些你是从何得知？”

“自然是收买了些耳目……”

“这些隐秘之事你都清楚，看来你根本不愿做一名普通的报馆先生。”

“为了保命。”双寒冰道，“如果不知这些底细，说不定我早早就死在冉公子刀下。你也一样。”

“还有一事想问你。”梦生道，“你曾说，山内丰成迷恋做动物标本？”

“没错。”

“那人呢？”梦生目光凛然，“人，会被做成标本吗？”

西四北大街有一家澡堂，到得门口，就能看到门楣上写着“澄华池”三个大字。一进门是个小院，摆几张藤椅供顾客休息。两侧的粉墙上也写字，“温热三池，洁净卫生”。附近居民多来此处洗浴，因此总是客人盈门。人们坐在浓荫笼罩的大槐树下谈天聊地，直到澡堂的伙计出来，连声说着歉语，请几位进去。

进得正厅，可以看到一长溜的床铺，铺铺相对，当间有茶几。穿戴利落整齐的伙计字正腔圆地喊道：“来啦，几位爷，撩帘子往里边儿请——”拖着好听的尾音。脱下的衣物，伙计包好，用长竹竿挂在客人挑好的床铺上头，那高度使小偷无从染指。刚泡完澡的老少爷们儿半卧在铺上，喝茶、吃东西，跟邻座天南海北地聊。聊够了，再去池子里泡一回。

从澡堂子里经常能听到有人冷不丁唱起西皮流水，用手拍打池沿，借着腾腾蒸汽，来一句“罢时白茫茫满江雾厚，顷刻间观不见在岸在舟……”。有些票友听起来还真像那么回事，甚至不输戏台上的。可是，出了澡堂就再也唱不出这个味道，全因澡堂子有拢音的功能，增添了唱腔的质感。

有人整日泡在澡堂里，从早到晚，洗了吃，吃了睡，睡醒再洗，直到澡堂打烊。对于有闲者来说，泡澡堂确为一大享受。

年关将至，人们赶在年前洗去污垢，澡堂子生意更是红火。从池子里刚出来的客人，皮肤烫得微红、松弛，头顶冒着热气，躺在床上休息，叫伙计沏一壶好茶，或是叫点吃食。

其中一人，三十五岁上下，膀大腰圆，正与旁人聊得火热。

“老娘们当家，瞎胡闹！”

“可不嘛，断送了大清的社稷，咱旗人的铁杆庄稼眼瞅着被蝲蝲蛄吃净了！”

他们口中所指的，正是已故去的隆裕太后。当年，隆裕太后宣布退位让国，大清国顷刻间土崩瓦解。时至今日，仍使许多旗人愤愤不平。

“最可气的是，殁了还糟蹋银子。”那汉子说道。

五年前，隆裕宾天。葬礼规格甚高，报纸上净是“女中尧舜”“国人楷范”等言辞。出殡时，街道上挂满白色布幡，甚是气派。

“如果不是隆裕糊涂，咱们旗人怎能沦落至此？去年定武军进京，以为复国有望，没承想雷声大雨点小，几天就完了。倒是有几个加入的老哥们儿惨死在段祺瑞枪口下，唉！”

“容二爷，”对方安慰道，“别急，您没看民国官吏，上上下下哪个不曾食我大清粮俸？谁知道日后大清不会回来呢？”

“那敢情好。”被称作容二爷的汉子若有所思地点点头。

自从大清没了，他和哥哥也没了侍卫之职。眼看着空有一身武艺，生活却愈加困顿，心里老大不是滋味。好在作为宗社党的成员，年初时他经族人介绍找到一份肥差，便拉上哥哥一起。

只不过，这份差事是给人看家护院，而且还是日本人，说出去不大好听。可是，总比成为要饭的、打把式卖艺的或拉车的强吧？这么想着，他没了谈天的兴致，叹了口气，拿起茶壶，又向水池走去。

泡在浴水里，随着热气一蒸腾，什么烦恼都忘了。容二靠着池壁，闭上眼睛，口中哼唱起小曲，觉得骨头都泡酥了。

此时天色向晚，水池里还有四五个人，因光照黯淡加之雾气氤氲，每个人都显得面色模糊。容二想起了什么，刚要起身，只觉一阵眩晕，差点没滑倒。不妨，他在心里说，晕池是常有的事，这里通风不畅，泡澡又容易缺水。他伸手在沿子上摸索，却寻不到茶壶。正疑惑时，只见有个人慢慢向自己接近。

看不清相貌。容二警觉起来，刚要高声责问，听到那人说："二爷，您的茶壶在这儿呢。"

嗓音并不相熟，可容二稍显放松。"哦，谢您了。"他点着头，接过茶壶，在壶嘴处嘬了一口。

"二爷，有件事想跟您说。"那人又凑过来。水哗哗作响。

"哦？"容二刚从晕眩中缓过来，他眯着眼，想要看清来者何人。忽然，他猛地睁大了眼，闪过一道骇人的寒光。然而，那光彩很快就湮灭了。他再次冲那人点了点头，嘴角浮现一抹苦笑，"原来如此。"

那人走出水池，不慌不忙地进到正厅了。片刻后，容二身侧的水渐渐染成了红色，很快就晕染了整个水池。有人恐惧地喊叫起来。容二只觉目光迷糊，身体瘫软，任凭水没过了头顶。

正厅里已一片慌乱。几个伙计跑进浴池，人们都往水池那里挤，想一探究竟。正在修脚的容大爷也往这里赶来。“容二爷死了！”澡堂子里的喊叫声格外洪亮。容大立刻猜到发生了什么，来不及伤心，返身回到正厅，取下佩剑，快步抢到门口。

“谁也不许走！”容大厉声道。他想，刺客应该不会这么快就穿衣离开。不过，他自己也还未穿衣，只着内裤，浑身起满鸡皮疙瘩。

人们面面相觑，不知如何是好。

过了一会儿，容大皱了皱眉，扒开人群，走到一个已穿好衣服，正用毛巾擦拭头发的年轻人面前。“你，转过来。”容大用刀尖指着他。

年轻人放下毛巾，系上脖颈处最后一颗纽扣，然后转过身来，冲容大笑了笑。匕刃乍现，直刺容大面门。容大偏身躲过，年轻人趁此机会疾步冲向门口。

“哪里跑！”容大不顾赤身，提剑紧随其后。

比起曾经的大内侍卫，刺客的速度明显不敌。还未到门口，容大的剑锋已至。刺客只好回身接招，勉强站稳。

不觉间，两人已出了澄华池的厅门，来到院中。容大攻势犀利，招招致命，刺客颓势尽显，只得边打边退。

腊月天气，容大拼尽全力，表情狰狞，裸露的皮肤汗涔涔地冒着白烟，整个人仿若燃烧一般，令观者无不胆战心惊。只听他大喝一声，劈下剑刃，刺客手中匕首登时被打落一旁，右肩直到肋骨划了道大口子。

胜负已分。

容大使出全身力气，斩向刺客。就在此时，刺客左手探进衣襟，然后向空中一甩——白色的石灰粉在两人之间弥散，迷住了容大的眼。与此同时，斜刺里飞来一物，还不等人反应，已钻进容大腹腔。容大愣住，连声道：“大意了。”剧烈的疼痛已使他握不住剑柄。他单腿跪倒，剑尖抵地，强撑住身形。

刺客借机逃出大门。

望着那个消失在夜幕中的身影，容大叹了口气，后脊的汗水变得冰凉侵骨，接着，他似乎已感受不到脊背的存在了。

旅店客房内，月色苍白，从木窗照进来，像是冷凝的油渍。黑暗仍是静缓地流淌着，裹挟着不知从何处漂流来的些许星光。梦生受伤的肩膀又一次感到钻心的疼痛。

是于一郎在上药。

治疗刀伤的粉末，敷在伤口上，裂开的皮肤边缘便不受控地抽动起来。疼是可以忍耐的，况且并未伤筋动骨。他忧愁的是另外的事。

梦生赤裸着上身，坐在床上，一动不动。于一郎也不吭声，也不管他是否经受得住刺痛，只管低头敷药。月光游移不定，流云像是游戏般遮住光，又忽地放开。他不禁想到了那头银象，不知道它现在怎么样了。月光下的银白色，恍若臆想，又真真切切刻在他的脑海里——就在容大刺来那致命的一剑时，他眼前浮现的就是这种银白。

“今日多亏你了。”梦生低声说，“救命之恩，没齿不忘。”

于一郎的手轻轻拂过他的皮肤，没有言语。

“但是，把你卷入此事中，绝非我的本意。”梦生接着说道。

“那也没办法了，”于一郎语气轻松，“我的飞刀已刺入那人体内，难道要我拔出来，对他说声抱歉，当作没发生过？况且，他可能也听不到了。”

“我是一名刺客。”梦生道。事情早已不在自己掌握之中，他干脆将自己的秘密全盘托出。于一郎安静地听着，为他上好药，绑好纱布，拍了一下他的后背，说：“穿上衣服！”

因自己势单力薄，梦生原本计划在澡堂先刺杀容二，没承想于一郎半路杀出，不但救了自己的命，还用飞刀结果了容大性命。可是，他却怎么也高兴不起来。将原本无关之人拖进危险中，尤其还是于一郎，令他心中焦躁。

“接下来你如何打算？”于一郎问道。

“我准备再探山内宅院。”梦生说道。

据双寒冰的说法，制作动物标本，至少需要三到四个月的时间。从唐盼失踪至今，已有三个月。

梦生又忆起第一次进入那间小院时，自己看到的诡异场面——被绑在座椅上受刑的那个男人是谁？那名西洋女人又是何人？他们到底在干什么？他曾问过双寒冰，后者也并不知晓西洋女子的底细，只说尽量联系耳目去打探。

“千万小心，就算为救人也心急不得。”于一郎提醒道。

“放心。”说罢，梦生已经离开床，从外面掩上了门。在门扇透光的地方，他的影子轻轻一闪就消失了。

他来到大街上，不多时，已置身院中。他先查探了车库——车还在。然后，他很快就摸到了山内的小院落。院子与印象中没有变化。低矮的古树，残破的石砖，破旧如废庙的屋舍。灯关着，一片幽暗。梦生手握上了膛的手枪，没有任何犹豫，推开了正屋——也就是上回他目睹了怪异场面的屋子的门。

没有人，也没有光。这座院落似乎并不像大院里其他屋子那样安装了电灯。墙上挂着黑黝黝的东西。凑近看，是鹿和熊的头颅，被做成了标本钉在那里。它们圆睁着眼睛，微微张开嘴，好似仍有生命，正要说出什么话，或者只是想吼叫两声。可是，它们被某种无形的东西困住了。梦生回到院子，又检查了另两间厢房。依然不见人迹。这几间房与普通的民居并无两样。

正要走的时候，从茅厕里传出了某种可疑的响动。梦生听了一会儿，响动停止了。不像是猫狗的动静。茅厕是间木质的小屋子。他谨慎地走过去，推开茅厕的门——什么也没有。梦生正打算转身离开，只听耳边生风，心道一声不好，猛地将身体贴在木板上。

一柄雪白的刀刃从他刚才站立的位置直插进来。同时，木门被关住了。

梦生被困在狭小的茅厕内，进退不得。刀刃又从木板的缝隙中刺来，梦生躲过，可刀刃旋即换了方向，鬼魅般袭向要害处。梦生开了一枪，然后踹破木门脱身。

当他气喘吁吁逃出茅厕，院子又恢复了平静。看不到人影，也听不到响动。不过，梦生清楚，黑暗中正有一双眼睛死死地盯着自己，像是毒虫咬在身上不松口。

他迅速躲在一棵树后。如果对方也是神枪手，现在自己恐怕早就命丧黄泉了。禁宫侍卫武艺高强，无论兵器、弓弩、肉搏都无可挑剔，但会用火器者甚少。他们似乎有自己的骄傲——消灭敌人，手中刀剑足矣。

那人还会再现身的。梦生心知肚明，于是耐心等待。

上回，他还没来得及看清敌人身影便已中招，只得落荒而逃。这一次，他不打算逃。

风吹动残叶，却无一叶落下。

时间漫长得过分，梦生甚至怀疑对手已先行离去。正当此时，石板地发出砰砰的脚步声，清晰有力，不再隐藏。

黑影迅速逼近梦生，转瞬即至。

梦生抬起手臂，瞄准。

两人都已放弃了躲藏的游戏，使出最后杀招。

不知为何，梦生眼前闪过一双苍老的手，紧紧握拳。

我正在做的，只是移动。那个声音仿佛就在他耳边响起。

当下，梦生忽然了悟此中含义。那个黑影不再是敌人，也不再有任何身份与情感。他只是在朝自己而来，仅此而已。梦生的心变得沉稳而平静，脑海中已无多余的想法。几乎是出于身体的本能，他扣动扳机。

黑影仍在逼近，然而已方寸大乱，将自己随意投掷在梦生脚下。当他停下时，已是一具躯壳，额头正中顶着还在冒烟的窟窿眼。

次日一早，梦生与于一郎吃过炒肝和包子，前往中央公园找双寒冰，却扑了个空。报社先生回说，双寒冰早早便出门，不知何时回来。不过，晚上七点钟在虎坊桥东路的模范宣讲所有授课，作为讲员的双寒冰必会准时出现在那里。宣讲所是为了提高国民道德和知识修养而由政府创办的，每日都会有讲员分不同主题免费为公众进行授课。如今，京中已有十余所，其中属开办在绍兴会馆的模范宣讲所规模最大。

辞过报馆先生，时候尚早。梦生与于一郎逛了逛公园，又转去北海看了小白塔，买了大串糖葫芦。中午，二人回到中央公园，梦生请于一郎在柏斯馨吃了牛肉空心粉、口蘑鸡和冰结涟[1]。这日天空晴朗，白的白，蓝的蓝，洁净而分明，让人心里面敞亮。两个人都玩兴颇浓，顾不得冻僵的耳朵和手指。

梦生已很久没有像今日这般放松，于一郎也是难得地换上了女子装束。他俩仿佛是一对刚来京城、正自由恋爱的情侣，对身边的一切事物都感觉到新鲜有趣。

然而，越是愉快，梦生心中就越不安，好似有根弦总是紧绷着。迄今为止的人生，教给他一个道理：美好的光阴无法久存。甚至，品尝到那些许的美好，未来便要奉还十倍的苦痛。他不愿这样去想，可他不能不想。

1　冰结涟：今译冰激凌。

快乐时，也正是他感到最无助的时刻。仿佛一个魔咒：凡是他珍惜的事物，最后总要毁灭。什么都做不了，他知道，什么都是转瞬即逝的。他凝视着于一郎的笑颜，默默地记在心里。他只希望这一天可以无限长久，久到永不完结。

可是天光很快就暗下去了。

他们来到绍兴会馆的模范宣讲所时，双寒冰正在台上讲课。台下的座位可容纳三百人，听讲者五花八门，既有商贾模样的人，也有干粗活的工人，还有学生和老人。讲课开始前，先放一部电影，用来招徕听众。等座位差不多坐满，讲员便款款登台，像说书先生般坐在讲桌后的椅子上。

双寒冰讲的是白话小说的创作，以及留学东洋时的见闻。两个小时后，讲课结束，人群陆续散去，有些人则去往旁侧的阅览室借阅书籍和报刊。

双寒冰走下台来，向梦生点了点头。

“讲得不错，”梦生称赞道，“我以为宣讲所总是枯燥无味的。”

“跟说书也没两样，每月发十块钱。”双寒冰笑着说，“这位是？”

梦生大致介绍了于一郎，只不过那前因后果则草草带过。

“幸会。”双寒冰摘下帽子，向女士微微鞠躬，直起身时朝梦生眨了眨眼，“上午我去找了你们一趟。”

“咱们正好错过了。有什么消息？”

“你说的那个西洋女子确实有点来头。不过，最让我吃惊的消息不是这个，而是你们俩。”

“我们？”

“下手够快够狠，短短几日，三名大内侍卫命丧黄泉。”

“实属侥幸，你消息够快的。”

“宗社党内已议论纷纷，万不可掉以轻心。”

梦生神情严肃，“昨夜我去探了山内宅院，车在，人却不在。”

“哦？”双寒冰挑起眉头，“据我估计，屋中有密室。”

“你的意思是，山内还在院中？”

“是。”双寒冰道，“像这类深宅大院，一般都建有地下密室，以备不时之需。”

“太好了。”梦生露出笑容，“我以为山内逃走了，还在就好。”

三人一齐走出绍兴会馆的大门，天色已晚，双寒冰提议喝一杯，说附近有家不错的黄酒馆。梦生和于一郎蹓了一天，身困体乏，想要回去休息。临别前，梦生问：“对了，你刚才说到那名西洋女子，什么来路？”

“你可知道俄国的拉斯普京？”双寒冰问道。

梦生茫然地摇了摇头。

“拉斯普京是俄国的一名神父。据说此人医术高超，医治好了许多疑难杂症，被当地人奉为神迹。而且，他的催眠术也是十分了得，见过他的人都说，拉斯普京有双可以摄人心魄的蓝色眼睛，能够控制人的心神。后来，俄国皇帝将他招入宫中，治好了皇太子的病，从此成为皇帝心腹。几年前，欧战爆发时，俄国皇帝离开了京城，朝中大权便落入拉斯普京手中。他施展催眠术控制朝政，并且传闻他与许多贵族女子有染，其中甚至还包括俄国皇后。后来，他被政敌枪杀。临终前他预言俄国皇室会随着他的死亡而灭亡，果然第二年俄国就爆发了革命，后来皇帝一家皆被屠戮。”

“与那女子有何关系？”

“她自称是拉斯普京的私生女。”双寒冰道，“叫塔季扬娜，俄国革命后流亡到中国。她不但中文流利，还会日、英、法、波兰共五门外语。她先在东交民巷附近由白俄流亡者开办的酒馆待了几个月，应该就是在这期间结识了山内丰成，出于某些原因被聘为私人秘书。”

“原来如此。”梦生沉吟片刻，“这个塔季扬娜兴许也正在山内的宅院里，难道是他的情人？”

“这就无从得知了。”双寒冰忽然想到什么，接着又说道，“明日年三十儿，一早哈德门附近有冰床竞赛，不如同去？”

腊月三十日，除夕。这一日清晨，天亮得格外早，熹微白光映照在墙面上，像是波光。梦生如往常一样醒得早，盯着因窗外的光线而变柔和的旅店墙壁。街市也比平日里要安静，一声咳嗽或喷嚏，都传得清晰而辽远。他推开窗，一片洁白。

雪花正如羽毛般翩然纷飞，屋顶上、路面上和枝杈间，都积了一层雪，仿佛盖上了白色的厚毛毯，整洁，没有一丝褶皱和污垢。起得早的人——他们大多是车夫、小贩和讨生活的雇员，都小心翼翼地行在雪地里，发出脆爽的踏雪声，留下最初的脚印。他们都穿着厚厚的棉袄，那种笨拙、谨慎又充满期待的样子，像是刚刚学会走路的孩童。

雪不断地落进人的衣服和须发里。

敲门声响起，是于一郎。她穿着素净的青色短袄，兴奋地说道："下雪了，出去走走！"然后便拉着梦生出了旅店的大门。雪下得并不大，无声无息。于一郎团起一个雪球，远远地便扔在了梦生的脸上，之后亦是每击必中。吃够了雪，梦生连连求饶。

随着天亮，大街上的人也多起来。牌楼底下，一些学生和落魄文人支起了书春摊的小棚子，专为人们写春联。他们把写好的一副副春联用砖块压着待售。不远处，羊肉床子挂起新鲜宰杀的肥羊，供人挑选；置办各种年货、山货的店铺也忙碌起来。

梦生和于一郎慢慢地走着，雪在脚下吱嘎作响。他们呼吸着清冽的空气，吐出阵阵雾气。

于一郎被一家卖纸花的摊铺吸引了——彩纸编织成五颜六色的蝴蝶，扎在特意修剪过的、好看的枝条上，称作"百蝶迎春"，是春节前的小玩意，售价两个铜板。梦生掏钱买下。他们继续不紧不慢地朝哈德门方向走去。一路上，于一郎把玩着手里的彩蝶，脸上浮现着孩子气的红润。有雪粒粘在她的睫毛上，梦生下意识地想伸手拂去，可下一刻雪粒便融化了。

一个时辰后，哈德门高大华丽的城楼便遥遥在望。风雪覆盖了红色廊柱和碧绿的琉璃瓦，宽大的城门下，行人和车马川流不息。环城铁路穿过瓮城，往来频繁。每当火车经过，铁路道口便放下栏杆，造成片刻的拥堵。人群和牲畜挤挤挨挨，白气弥漫。于一郎不得不将手中的彩蝶高高举起，以免被挤烂。

出了瓮城就是护城河。河面已冻得瓷实，中间经人抛磨出一条光滑如镜的跑道。河的一侧聚集了不少人，还放着十数张冰床。所谓冰床，长五尺，宽三尺，形如木床，下面有镶嵌铁条的平滑板，用作在冰面上滑行时减少摩擦。普通冰床可坐三到四人，前面由专人在冰面上拖拽，绳子是骆驼毛拧成的，十分结实。滑行时，拉冰床的在前疾走拖拽，待冰床借由惯性飞驰起来时，他就坐上冰床小歇；等冰床速度减缓，他便跳下冰床继续拖拽。

进入冬季，冰床不仅是京城民众的交通工具，还是一种玩乐方式。约上两三好友，同坐冰床，可以一边喝酒聊天，一边观赏沿岸景致。

这一回，是由某京城大户组织，从哈德门到二闸，十数张冰床连成一体，互相抛球作乐。名为竞赛，实则不过是年前的嬉戏。

他们找到双寒冰，三人同坐上一张冰床。这张冰床上有伞盖遮雪，中间有一张小小的茶几，摆着酒壶、杯盏和小碟干果。酒是烫过的，还微微冒着热气。茶几下面铺着毡毯，可以盖住双脚取暖。

冰床下河后，很快就飞驰起来。城墙、城墙外的平地、铁路、树林……沿岸的风景倏忽从人们眼中掠过。雪花纷纷扬扬，落在皮肤上除了那一点冰凉，并未有什么特殊感觉。冰车平稳地滑行在冰面上，迎着漫天飞雪，好像正全力驶进一个洁白干净的空茫世界里。梦生的心境也变得开阔了，他情不自禁地朝雪地大喊了一声，顿觉全身舒爽。

拉冰车的汉子回过头来，朝梦生笑了笑，眼角挤满因风餐露宿形成的粗糙皱纹，然后继续用力拖拽冰车；双寒冰笑而不语，举起酒杯，说道："瑞雪兆丰年，咱们敬一杯京城雪景！"于是三人举杯，一饮而尽。他又重新将酒杯斟满。

一片雪花静静地落进杯中，消融了。

后侧方有人欢呼起来，原来掷球游戏开始了。彩球从后面渐次传来，掷到附近人的手中。梦生站起身，一把接住从身后冰车上扔来的彩球，又立刻投掷到前面人的手上。片刻后，又有一球飞掷而来，角度刁钻，眼看球将落在冰面，于一郎腾身而起，稳稳接住球，紧跑两步跳回车上。一阵喝彩。

"太危险了。"梦生忍不住说道，"冰面不比地面。"

"要你管我。"于一郎哼了一声，喝完杯中酒。

冰车一路向前，过了喜风桥和蟠桃宫，就能看到修缮一新的高耸的东南角楼了。

此时，雪势稍小。河岸边的刺槐枝子上覆满了雪，摇摇欲坠的模样。

"何时再去找山内？"双寒冰问道。

"今晚。"

"不好好跟于妹子过个年？"

梦生不作声，只是低头喝闷酒。于一郎则将酒杯捧在手中，小口抿着，动也不动地望着前方。

酒已然冷下来了。

出了城，冰床队伍沿玉河往二闸方向。若在夏季，二闸是为京郊游览胜地——绿树成荫，酒肆环列，又有壮观的瀑布可欣赏。不过这些年由于战乱频仍，贼人横行，导致游人稀少，曾经的酒楼也已荒废，掩映于杂草丛林间。

二闸距东便门五里许，是这次冰床运动会的终点。九龙山亦距此不远。梦生想起上次来此，遭人偷袭，差点丧命于芦苇荡。他原本打算再去观音阁看一看，可转念又想，如今社首下落不明，燕社也已不是曾经的燕社，再去看旧景，无非徒增伤感。

雪已止，太阳冒出头，漫山遍野都闪烁着刺目的白光，一个个土丘都堆成了雪山。这时，一辆冰床从后面赶上来，与他们齐头并进。与旁人三三两两的欢聚不同，这辆冰床上只盘腿坐着一名男子，外罩黑色裘皮大衣，坐在那里自酌自饮。

梦生枪已在手，被双寒冰摁住肩膀。

“冉公子，别来无恙。”双寒冰高声嚷道。

“托双兄的福。”冉公子作揖道。

两辆冰床近在咫尺，几乎并在一起。

“难得冉公子有此雅兴，年三十还来这荒郊野岭。”

“双兄不也是吗？”

“你我不同，”双寒冰缓缓摇头，“我们属于亲人离散、无家可归之人。”

“双兄可能有些误会，我并未加害社首。”冉公子扭过脸，正色道，“现在我也不知老爷子人在何处……”

“什么意思？”

冉公子叹了口气，道："没错，我确实夺了社首之位，但也只是将老爷子软禁，万万不敢加害。有一晚，老爷子逃脱出去，至今不知去向。"

双寒冰双手插在袖中，阖上眼，安静地听着，仿佛在闭目养神。

"燕社的一切已与我无关。"半晌，双寒冰说道，"今日找我所为何事？"

"你我二人本无仇怨，又是发小，何苦成为敌人？"冉公子将杯中酒斟满，举在面前，"不如以后我俩携手并进，必能成就一番事业。"

"我对你们那一套毫无兴趣。"双寒冰冷冷地说。

"为表诚意，我送双兄一份大礼。"冉公子放下酒杯，莫测地笑着，"山内就躲在口袋胡同大院内，屋中有密室，机关在一张鹿头标本之后。"

双寒冰盯着冉公子，一时无语。突然间，他一跃而起，落在冉公子的冰床上，与其相对而坐。

"如今你夺得社首之位，山内对你已无作用。近年日本商会四处插手江湖行会，至于打的什么算盘，路人皆知。为避免日后受山内控制，你便想借他人之手除掉山内，是或不是？"

"你如何想我都无妨。"冉公子瞥了眼坐在那头冰床上怒目而视的梦生，目光转回到双寒冰脸上，"双兄不是收买了许多耳目？小弟我全盘托出，不用双兄破费了。"

双寒冰眼神锐利，紧盯着冉公子。那阴冷的神情，令人不寒而栗。

“难不成那晚赵爷的行踪，也是你故意透露给我的？”

“赵爷为我的社首位出了不少力。”冉公子满不在乎地拿起酒杯，喝了小口，发出满足的长吁，“好酒！用玉泉山水酿造的莲花白。”

双寒冰不语。

“赵爷资历甚深，双目虽盲，内心深不见底。长此以往，小弟必受掣肘。双兄也算帮了我大忙。”冉公子接着说道。

“你究竟想要什么？投靠宗社党，难道真的相信溥仪会重登皇位？”

“天意难测。”冉公子道，“不过乱世之中，不想做刀下鬼，就得做执刀人。燕社再像以前那样无所作为，只有死路一条，时事迫使你必须做出选择。我也是为了燕社的前途着想嘛。”

“我曾发过誓，不再做他人的手中刀。”

“当然，”冉公子似笑非笑地说，“想用双兄这柄刀刃，搞不好就会伤到自己。”

双寒冰紧紧攥着文明棍，隐约间似有铮鸣声。

“九龙山是燕社地盘，我劝双兄还是不要冲动。”冉公子嘴上说着，却把手悄悄伸向放在大腿旁侧的“一期一振”的刀柄。

两人对峙许久，剑拔弩张的氛围令一直旁观的梦生也冒出冷汗。

“对了，你可知我家先祖冉昂究竟死于谁手？”冉公子忽然说道，“并非如传闻般死在乱军之中，而是死在自家刺客刀下——冉昂功绩天下尽知，只有死人才不会遭朝廷忌惮。为保燕社百年血脉，换作是我，也会这么做。”

二闸就在前方。双寒冰忽然呵呵一笑，恢复了以往的平和神态，道：“就把你交给命吧。”言罢，飞身回到自己的冰床上。

后面的人再度欢呼起来，以为刚刚是表演的一部分。

我回到曾经自家的宅院，那里已成废墟。
我在焦黑的瓦砾中，找到了父亲的褡裢表。
指针停留在那一天的酉时三刻。我想起父亲生前说过，洋人凡是遇到不可解释之事，都会说一句同样的话：
『这都是神的旨意！』

十一

融雪的夜晚，寒风刺骨。除夕夜，天空中看不到月亮，星辰也如同固定着夜幕的铁钉，发出冷幽幽的光。大街上的商铺几乎家家闭户，见不到行人。人们穿上新衣新帽，点燃春灯，孩子们将芝麻秸撒在庭院中，脚踏其上发出吱吱响声，名为“踩岁”。胡同里皆是剁馅包饺子、搓麻将和扫雪的声音。

梦生疾步在黑夜中穿行。这次他改换路线，一头扎进砖塔胡同。翻过万松老人塔的墙头，再走一小段路，能直接找到山内的院子。毛瑟手枪紧紧攥在手中，此外，他还准备了匕首。胡同里一片漆黑，风像是猫爪子一样挠过脸颊。

从胡同里传出三四个人急促的脚步声。来了，梦生心想。他放缓步子，闪身躲入门廊下的暗角。那几个人迎面而来，脚步杂沓。正当快要逼近梦生时，忽然在一扇门前停住，开始气势汹汹地叫门。不一会儿，门开了，那几个人闯进去，嘴里夹杂粗口，原来是讨债的。午夜前，也正是索账最要紧之时，许多穷人还不上账，便在这喜庆的日子里跑到城外，找处犄角旮旯结果了自己的性命。

门里的叫骂声、哀求声和孩童的啼哭混杂在凛冽风中，使严寒似乎又重了一层。梦生走出门廊，万松老人塔黑黢黢的塔身高高耸立，仿佛在无言中见证着今夜发生的所有事。正当梦生准备攀向墙头时，背后忽然有异动。他吓得一激灵，回身就刺向那人。身后的人避开匕首，连忙说道："是我。"

浓稠的黑暗，看不清面庞，可声音分明是熟悉的。

"你怎么来了？"梦生有些恼火。

"家家户户都在过年，你要撇下我一个不成？"于一郎回道。

"不是闹着玩的……"

"我才要说这话，"于一郎抢白道，"你旧伤未愈，就要去拼命？"

"我等不了。"梦生低声说。

"好。"于一郎郑重地说，"那我也去，别忘了，我救过你的命。"

梦生还要说什么，被于一郎打断：

"快点儿吧，说不定那山内都吃完饺子了。"

于是梦生不再多话，跃上墙头，又握住于一郎的手腕，轻轻将她拽上来。两个人一前一后，小心翼翼地踏着湿滑的瓦垄，在屋脊上走了一段。呼号的北风掩盖了屋顶上的响动。到了一处，梦生示意停下，说道："就这儿。"然后翻身跃下。于一郎也随后而至。

院子里还是原先的萧索模样，没有半点生活气息。梦生走到那晚宗社党人倒下的位置，蹲下身，扒开雪，仔细瞧看。石砖上的血迹已悄然被洗刷干净。

梦生站起身，回头望了望于一郎。

“我有预感，”他说，“他一定就在这里。”

他慢慢走向那间阴森的屋子。走上台阶，他先趴在窗前听了听，接着推开了屋门。鹿和熊的头颅仍挂在墙上，无声地注视梦生。鹿头很高，梦生搬过一只矮凳，站在上面，握住两只鹿角使力。鹿角纹丝不动。他又握住鹿的下颚，尝试着转动。还是没有反应。

“冉公子可能在诓我，”梦生痛恨道，“兴许是个圈套……”

“少安毋躁，我看看。”换上于一郎登上矮凳。她查看鹿头，用手左右掰动。鹿和蔼而宽厚地望着她。于一郎停下，思考片刻，又细瞅了鹿的脖颈处。接着，她扶住鹿角，使劲推动。这回，鹿头开始往墙内收缩，同时在他们身后发出闷响。

梦生循声来到一只立柜前，只见地板上打开了一个方方正正的通道，大小可容一人通过。往里瞧，能看见两级石阶，再往里便没入黑暗。他回过头，笑着冲于一郎道：“嘿，我怎么没想到推呢。”

“我看到鹿的脖颈处有划痕，就推下试试。”于一郎跳下矮凳，箭步上前，首先迈下台阶。

“小心埋伏！”梦生急忙拉住于一郎的胳膊。

“无妨，”于一郎并不在意，“有埋伏就不下去了？当心点就好。”她挣脱开梦生，头也不回地往下走。

密道十分逼仄，他们只得一前一后，慢慢走下去。没有光，梦生觉得他俩如同沉入了漆黑的泥潭。很快，伸手不见五指的黑暗便吞没了他们。两旁的石壁阴冷、光滑，却并不很潮湿，砖缝间可以摸到干燥的细细的土渣。台阶修建得平整有序，当掌握了高度与节奏后，即使眼睛看不到，也不妨碍顺畅地走下去，不必担心跌跤。只是，他们每走一步都会在周遭发出极大的回音，隆隆嗡鸣，似乎能够一直贯穿到地底去。如果被发现怎么办？梦生额头冒了冷汗，在这等险恶环境中，一旦有人袭击，几乎避无可避。

也许是极度的忧虑使密道变得格外漫长，梦生觉得它永无尽头。他冒险喊了于一郎的名字，问她还在不在。

“我还能去哪儿？”于一郎的声音从身前传来。

梦生这才稍稍心安。下一刻，他听到了某种奇怪的动静。他停下来，努力分辨。

“怎么了？”由于梦生没了脚步声，于一郎也停住问道。

“你听见什么吗？”

滴答，滴答，滴答……

“滴水而已。”于一郎说道，“没什么。”

没错，确实是滴水声，以相同的间隔一下下撞击着石板，在这密闭的暗道中异常清越，环绕耳畔。他们驻足听了一会儿，确认没有其他异常，便继续前行。

“走了多久？”梦生忍不住问道。

“不是才走了几步？”

梦生有点惶惑。他感觉分明已经走了许久，他甚至担心这条密道是个陷阱，就是让他们困死其中。

这样想着，前方豁然开朗——朦胧的火光将二人身体照亮。台阶走完了，脚下成为平地。墙壁两侧每隔两三步就有一只黄铜外壳的马灯固定在墙上。火光微弱，颤颤巍巍，似乎随时会熄灭而终不曾熄灭。密道也变得宽阔许多，两人足够并肩，穿行在黯淡而颤抖的光晕中。梦生看着自己的影子忽长忽短，一会儿向前伸长，一会儿又急速后退直至消失。影子在墙面上摇曳不定，仿佛也具有了独立的生命。

他扭头看于一郎，发现她眉头紧锁，似在苦苦思索什么。

“怎么了？”梦生问道。

“没事……”于一郎欲言又止，“这里让我很不自在，咱们快快走吧。”

于是，他们快步前进。刚才没有遭遇袭击，令梦生暂且松了口气，但仍丝毫不敢大意。

道路的尽头是一个尖锐的转角。他又不禁想到此前做过的梦，只不过在梦中他是在攀爬无穷无尽的楼梯，而现在则是在地下，但两者的氛围显然没什么不同。他跌进了这场梦里，或者说，是什么冥冥中的事物将他引入其中。昏暗，寂静，还有密谋般的交谈声……他恍惚看见拐角处有个影子，正扒在墙边，露出黑乎乎的半张脸和一只眼睛，偷窥他和于一郎。

梦生愣住，揉了揉眼，不知是不是自己的错觉。当他再次望向拐角时，那个人一闪就不见了。

“怎么了？”于一郎问。

梦生指向前方。于一郎望过去，他们长长的影子此时正贴服在尽头的壁面上，仿佛在模仿他们的动作般不停地晃动。周遭静悄悄的，马灯安静地燃烧，偶尔的滴水声已不觉间变得很遥远。

于一郎心事重重，紧紧盯视前方。

他们就这样谨慎地走过去，转过拐角，眼前的景象令二人的脚步为之一顿。

数不清的毛皮和动物标本堆放在墙壁两侧——羚羊和虎纹马的头、金丝猴、蛇、小牛、猫、狗、一只剩半个身子的黑熊，还有更多数量的禽鸟标本。它们像是垃圾被随意堆积在这里，此外还有许多动物褪下的毛皮，像一件件大衣挂在钩子上。灯光变得更为明亮，把每个被制作成标本半成品的动物的表情都照得一清二楚。

穿过并不长的通道，正前方是一道石板门。

梦生踟蹰着，一种恐惧感令他完全清晰地听到了自己的心跳。他感到四肢发麻，好似有双强有力的手在往外拖拽，让他不要往门里去。

于一郎凝望梦生，并不作声，似若能够看透这份犹疑。她走到一只斑鸠的标本前，默默观瞧。它的毛发是深红色的，眼睛是用黑珠粒镶嵌进去的，被灯光照得很亮。这时，她听到动静，回过头。

石板门的右侧有一处凹陷。梦生将手指放进去，随着一阵石头与石头的摩擦声，门朝左侧被拉开了。

涌入他们眼中的是装饰精美的日式房屋的玄关。玄关的地板比密道的地面要高出一大截，再往里是纸质的隔扇，上面绘有硕大而火红的枫树林。隔扇左右两侧各悬挂一颗如成人头颅大小的鱼头标本，大张着嘴，火烛放置在已掏空的口腔内。原本是眼眶的部位成了两个大洞，微冥的光从中透出，映在隔扇上，呈现出黄昏般的色调。

梦生和于一郎踏上玄关的木质地板，拉开隔扇。

完整的枫树林从中间开启。他们走进去，置身于一间同样光线昏暗的屋内。地面铺着大小相等的草席，不多不少正好将屋子铺满，不余一丝罅隙。

屋的四角各站立一只孔雀标本，头顶烛台，燃着火苗，勉强将室内照亮。孔雀羽毛颜色华丽，尾屏含苞待放，灵动的神态与堆放在外面密道的半成品不可同日而语，应是标本制作高手的杰作。幽暗的火光将梦生和于一郎的影子投射在通往更里间的房间的隔扇上。

隔扇画有一幅鲜艳的浮世绘——一个穿着上古初民模样衣服的男子，正被一群凶神恶煞的赤鬼追杀，而在赤鬼之后，站着个表情漠然的长发女子，似在冷眼旁观这一幕。梦生凝视画中女子的面容，竟越看越与唐盼有几分相像。

梦生走上前去，一把拉开隔扇。

里面的房间要更小些，也更加幽暗。在房间角落，一个穿蓝色羽织的男子正背对梦生而坐，后背绣着呈“人”形排列的三枝柏枝。这图案梦生认得，是土佐藩的标志。

穿蓝色羽织的男人动也不动，一时间使梦生以为是一具人体标本。直到那男人咳嗽两声，说道：“请进。请脱鞋。”

梦生和于一郎对视一眼，脱下鞋子，站在榻榻米上。游目四瞩，这间房虽小但极为讲究——中间摆放茶几，上面搁着精美的茶具和一只小香炉，飘出阵阵幽香。山内丰成正对着壁龛，头顶挂有卷轴字画，下面摆放插花、陶碗与小烛台，以及先祖的灵牌。墙角处有一雕刻精巧的座钟。

“稍等我，不好意思。”山内丰成愧疚似的说道，手里在忙什么活计。

“他搞什么鬼？”于一郎悄声道，看向梦生。后者面无表情，紧盯山内丰成，一刻也不松懈。

灯火柔和，使三个人的影子微微摇颤着。座钟咔咔作响。除此之外，朦胧的光影与精致的器物将房间布置得十分宁静祥和。

“好了。”终于，山内丰成转过身，放下小剪刀，很愉快地向二人展示手中的物什——一只新做好的乌鸦标本。

“多美，”山内丰成旁若无人而又自怜般地爱抚乌鸦黑亮的羽毛，慢慢说道，“在我国，乌鸦代表祥瑞。这与中国不同。”

“知道我们要来？”梦生问道。

“阿初在外面玩，看到你们。但我知道，你们会来，早晚。”

“阿初？”她还活着？梦生心中疑惑，但很快恢复冰冷的语气：“不想兜圈子，唐盼在哪儿？”

山内丰成低声重复了一遍这个名字，然后缓缓摇头。

“没有唐盼。”

“撒谎。”梦生怒不可遏，举起手枪，指向山内的面门，“她到底在哪儿？”

山内丰成露出宽厚的微笑，拍了拍手，喊道：“阿初。”

他身后的门应声被拉开，从中走出一位穿红色丝绵和服的女子。女子脚步轻盈，挽着整齐端庄的发髻，露出修长光滑的颈背。在红色衣衫的衬托下，皮肤显得红润又白皙。她站在门口，使得房间似乎一下子明亮不少。

女子温柔地朝山内丰成微微点头，然后目光在梦生和于一郎脸上游弋。

看到女子的第一眼，梦生就被惊得说不出话——即使灯光晦暗，即使换上了完全不同的着装，但他确定自己一眼就能认出，站在那里的女子正是唐盼。

他慌忙朝唐盼走去，但她却茫然而惊惧地看着他，往门里退却。梦生愣在原地，虽然女子的面容与唐盼毫厘不差，但从她的神态和眼神中，他竟找不到以往任何熟悉之处。

女子求助般望向山内。山内站起身，来到女子身边，让她的头轻轻靠在自己怀中，好像在安抚她的情绪。女子平静下来，缩着身子，怯生生打量梦生。

“盼姑娘，你不认得我了？”梦生难以置信。

“她现在叫阿初。”山内丰成打断道。

“你把她怎么了？”

“我只是让她，得到了更好的自己。”山内说道。

“你到底在胡说什么？”梦生不解其意，“阿初十一岁时就死了。况且，我定不会认错，站在你旁边的就是唐盼。”

“没错。”山内丰成的目光黯淡下去。“阿初死了，落入四万十川的河水。但是，我可以再造一个阿初。”

“唐盼到底怎么了？”

山内丰成露出狡黠的笑，“从我见到她，就认定，她会是我一生中，最完美的作品。”他扭过脸，怜爱地看着唐盼，在她额头轻轻一吻。

梦生再次举起枪。

“如果我没猜错，”这时候，于一郎插话道，“是催眠术？”

山内感到苦恼似的摇头，“我只是，赋予她更好的人生。”

“与韩老板相处多年，对催眠术我也领略过一二。”于一郎继续说道，“这几个月，你利用催眠术，让唐盼认为自己是本已死去的阿初。”

“她就是阿初。”山内丰成有些恼火。

“你明明知道阿初已经死了。”

山内丰成一副受到伤害的模样，“我们很快就会回日本。幼时，我和阿初曾定下‘永不分离’的誓言，现在，谁也不能让我俩分开。”

梦生依然枪指山内，沉默不语。于一郎注意到，他的手有不易察觉的颤抖。

这时，从那扇拉开的门后又走出一名身材高大的西洋女子。她身穿黑色皮大衣，头戴狐皮帽，脸颊苍白瘦削，一双湛蓝的眼睛炯炯有神。梦生认出，她就是那晚房间中的西洋女人。

“你是塔季扬娜。”梦生道。

她深蓝的眼睛紧盯着他，仿佛能够洞悉一切秘密。他感觉浑身不舒服，并且有种异样的情绪，就像是一觉醒来发觉自己置身陌生的屋子，茫然而不知所措。塔季扬娜来到茶几前站定，几乎没有眨眼。随着她的走近，梦生则在不自觉地往后退。

“你在做错事，却不自知。”塔季扬娜用平缓的语气说道。她的中文比山内丰成还要流利许多。

“错事？”梦生觉得自己的心脏好像快速收缩了一下。

“你是在害她，让她重回地狱。”塔季扬娜不挪眼珠地盯着梦生，“她会过上更好的生活，获得尊贵的身份。你救她，其实是害了她，不是吗？”

“救她其实是……害她？”梦生声音飘忽，“得容我好好想一想……”

“好好想清楚。”塔季扬娜亲切地微笑，“想想你的过去，你真的知道自己在做什么？你真的理解吗？”

“你知道我的过去？”

塔季扬娜又往前走了几步，而梦生已背靠墙壁，退无可退，“你真的确定自己的行为都是对的？”

梦生觉得身体在渐渐变薄，仿佛成了纸人，一阵风就可以将他刮走。塔季扬娜的话音渐渐远去，取而代之的是某个熟悉的声音在他耳边回荡，从模糊逐渐清晰。是一首歌谣。他看到自己站在浓烟弥漫的土路上，屋在燃烧，树在烧，就连羊群也冒着火焰四处奔逃。他仿佛听到了父母、亲人，隐约还有大柳的呼救声。他想要跑过去，但他忽然意识到，自己什么也做不了。黑影逼近，他只能转身逃走。星夜茫茫，空气里充斥着焦味。

“我什么也做不了。”梦生低语道。

塔季扬娜像是抓住了什么，语速加快，“你什么也做不了。”

这时，于一郎迈步到梦生身旁，使劲抽了他一记耳光。

“这是催眠术！”她冲梦生喊道，“之前水滴、烛光还有这房间的钟表声，都是在引诱我们落入陷阱。你千万不要被她蛊惑。”

可是，梦生充耳不闻，神情迷惑地凝视于一郎，像是在努力辨认一个因多年不见突然记不起姓名的旧友。

“我什么也做不了。”过了一会儿，他自言自语似的说道，如同在认错。

“认清楚自己很重要。”塔季扬娜得意地仰起下巴，从皮大衣的口袋里亮出一把锃亮的银色手枪，指着于一郎：“让你多嘴。”

于一郎愤恨地看着塔季扬娜，扬手，飞刀从袖中蹿出。

塔季扬娜侧身躲过。刀子插入身后的隔扇。她啧啧道，“看你刀快，还是子弹快。”

枪声响起。火光霎时照亮了房间。

于一郎右腿灼烧，支撑不住，颓然倒地。

“俄国有句谚语，叫‘事事怕行家’。杀人这事，你不行。”塔季扬娜居高临下，漆黑的枪口对准于一郎，“给你痛快。”

蓦地，于一郎回手一挥，飞刀竟自动抽出，从背后朝塔季扬娜再次刺来。原来，飞刀连着细细的丝线，本是为了表演时增添的效果，在昏暗的光线中极易被忽视。

这是塔季扬娜万没料到的，她急忙朝一旁卧倒。飞刀贴着她的脸庞划过，在颚骨处留下血痕。一缕金色的发丝飘然落下。

塔季扬娜用俄语骂了几声，站起身，扶正歪斜的帽子，将枪口用力戳在于一郎的脑门上。

“看你还要什么花样。”

话音未落，一声枪响。房间再次被照亮。

塔季扬娜的右手血肉横飞，疼得她大叫起来。

梦生放下枪，冷漠地看着她。

塔季扬娜还在继续吼叫。

梦生扣动扳机。子弹不偏不倚从塔季扬娜右侧的太阳穴突入，穿过细密的头颅组织，毫无阻碍地从另一侧钻出。塔季扬娜一声不吭，双膝跪地，狐皮帽掉落，散落的头发遮住面部，再无声息。

“伤势怎样？”梦生忙跑到于一郎身旁，蹲下身瞧看，然后扯下袖子下摆，给伤口包扎。

“我真以为你被催眠了。”于一郎虚弱地笑道。

“枪声惊醒了我。她还是太得意忘形。”梦生道。

“不是我那记耳光抽醒了你？”

“你打我耳光了？”梦生愣住，不由得摸了摸自己的脸。

这阵，山内丰成带着唐盼，已退入里间。梦生拉开隔扇，那上面还留着飞刀插入的破洞。只见山内拥着唐盼，正蜷缩在房间角落中。唐盼一脸惊恐地望着他们。

见到此情此景，梦生心中的悲哀大于愤怒。他对山内说道：

“事到如今，交出盼姑娘，我可以考虑饶你性命。”

山内露出凄然的笑容。

“你们这样做，是毁了她。”

“她这样，与死了又有何分别？”于一郎道，“你固然可以剥夺她的自由，但你竟还要奴役她的精神。真是可怖。”

山内安静地听着，不时点点头，像是在应和她的说法。然后，他对梦生道：

“一个条件，可否答应我？”

梦生不语，只是定睛看着他。

“那年，阿初离开人世。我本应随她而去，但我懦弱，苟活至今，违背了‘不可分离’的誓言，便早想到会有今日。你可知日本神话里伊邪那岐和伊邪那美的传说？”

伊邪那岐和伊邪那美是上古神明，本为兄妹，因彼此相爱，结为夫妻，并诞下诸神。生火神时，伊邪那美被火烧伤而亡。伊邪那岐思念妹妹，来到黄泉，却看到妹妹的惨状，心生恐惧，落荒而逃。伊邪那美大怒，派赤鬼追杀伊邪那岐。

“我想，冥冥之中，你就是阿初派来取我性命之人。”

“我不是什么赤鬼，”梦生道，“我只是要盼姑娘安然无恙。”

山内丰成再次点头，表示认同，继续说道：“我这条命，早该献给阿初。溺水的感受，我曾用某种方法体会，非常人能够忍受。阿初死前，想必遭受了巨大痛苦。每想到此，心如刀绞。所以，想请你答应我这件事。”

“什么事？”梦生问道。

“让阿初当我的介错人。”山内丰成道，“我要死在阿初刀下。”

介错人，是在切腹者最痛苦的时刻，快速斩下其头颅的助手，一般由最亲近之人担任。梦生看着惊慌的唐盼，犹豫不决。

“拜托了。”山内丰成深深躬身，恳求道。

房间内，摆放有刀架，上置一柄肋差（短刀）和一柄太刀（长刀）。山内走过去，取下肋差，盘腿而坐，以目光示意唐盼。唐盼脚步沉重，缓缓拿起太刀，面色苍白，好似失去了魂魄。

“阿初，不要怕，就像我们练习的那样。”山内丰成爱怜地望着唐盼，说道。

接着，他敞开衣衫，凝视赤裸的腹部，呼吸急促起来。由于过度的紧张，他像是喝醉酒的人，脸庞和脖颈的颜色都变深了。他刀刃朝内，对准小腹，悬置在那里，久久不动。唐盼举着太刀的手在不住地抖动。

“不要犹豫。”山内丰成扭过头，严肃地向唐盼嘱咐道。然后，他大喝一声，将刀刃刺入皮肉。刀尖刺入得并不深，但血还是一点点渗出来，染透了下面的衣摆和榻榻米。山内五官扭曲，顿时大汗淋漓，似乎想要继续使力而不得。他再次大吼一声，紧紧握着刀柄，手掌心已然失去了血色，如同在与刀柄较劲。就这样僵持了片刻，他忽然垂下脑袋，双手也放松下来，自言自语般说了几句日本话。

“怎么了？”梦生走近瞧看。

“不行……”山内丰成摇着头，用几乎是哀号的语气说道，“太痛苦了，不行……”

不等梦生停止脚步，山内丰成一只手突然伸到身后，再次显现的手里已多了一把枪。电光石火，枪声大作。房间内硝烟弥漫。待烟尘散去，山内丰成依然保持着持枪的姿势，只是眉心处出现了一个黑洞。

唐盼扔下太刀，俯身抱住山内丰成已无生命的头颅。

梦生收起枪，朝唐盼走去。

“盼姑娘，”梦生迟疑道，“…… 可还记得我？我是孟衡。”

唐盼面无表情地注视梦生，然后，她拾起掉落在地上、浸透在红色液体里的肋差，猛地向梦生刺去。

刀刃穿过了梦生挡在面前的手掌。与此同时，他的另一只手掌劈砍在唐盼的侧颈。唐盼眼神涣散，身体前倾，倒在梦生肩上。

“咱们走。”梦生取下刺穿掌心的刀刃，肩膀扛着唐盼站起身。

重新回到院子，空气中弥漫着爆竹燃尽后残余的硫黄味。已是新的一年，天空还未破晓，京城依然笼罩在夜色里。梦生背着唐盼，搀扶于一郎，两人一瘸一拐走在冻得僵硬的雪地上。院中静得出奇，不闻人声，也听不见犬吠，只有无边的死寂。

梦生早就看到站在树下的黑影。那黑影默不作声，好像在安静等待他们走近。

“恭候多时。”黑影说道。

梦生并不理会。当他们准备走过他时，一柄细长的锋刃轻轻架在梦生的脖子上。

“怎么？”梦生站住，“是社首的意思？”

“是。”黑影说道，“社首嘱托我护你杀掉山内，但还有后半句，就是待山内死后，杀你灭口。”

“为了燕社存活。”梦生道。

“对不住。”

“只有一个请求，”梦生侧脸看了看唐盼，“帮我照看她。”

双寒冰没搭话，只是叹了口气，凝视这夜色中寒气逼人的利刃。

街灯下，积雪闪烁着微白的光。大街上空空荡荡，守岁的孩子们也已经睡去。只有几个送财神像的贫家子弟仍游荡在新年的夜晚。他们喝多了酒，步子歪斜，走几步就滑一跤。雪地里，点缀着斑斑红迹。他们都看见了，但没人在意。他们就这样哼唱着壮胆的曲子，一路走下去。

那年我刚满十一岁。我将褡裢表和其他找到的父母遗物一同埋葬。那时我还不知道，许多年后这里将成为一片汪洋。我乘着一只木筏，以木板作桨，在被称作故乡的土地上游荡了三天，救下一只内脏被虫子掏光的猫。汪洋之中已没有方向，但我清楚，那条未卜的道路，永远在我身后。

尾声

过了年，京城的天气开始逐渐转暖。积雪消融，河流解冻。人们脱下皮袄、毛窝，换上棉袍和夹鞋，走在树木发芽的街道和胡同里，整个人都透着股轻松快意。兰花的香气弥漫在大街小巷。兜售芍药的小贩也显得那么整洁，将粉白相间的花束放在干净的蓝布筐里，沿街叫卖。院子里，家家户户的丁香、海棠、山桃都一齐绽放。榆树高大而茂盛。京城被包拢在春意盎然的植物的海洋里。

万牲园内，河水潺潺，绿树如荫，游人也多起来。长人席地而坐，靠在一棵柳树上，昏昏欲睡。在他面前是吵扰不休的鸟岛。无数禽鸟上下纷飞，发出彼此相异的鸣叫。这份熙攘反而让人感觉心绪平静，因此，闲暇时，长人几乎都坐在岸边，任由鸟儿落在他身上，好似变成了一棵供鸟类栖息的大树。总会有路过的孩子对他指指点点。

他模模糊糊，感觉到有人在自己旁侧坐下。他睁开眼，认出了这个已不能说很年轻的男子——因为他总是隔三岔五就会来万牲园找韩老板，渐渐的，两人也彼此相熟。

“刘老，歇着哪？”男子笑着打招呼。长人本姓刘，但自从有了长人名号，世人就忘记了他的本来姓名。

“是啊。”长人伸了个懒腰，打呵欠，泪水舒服地浸润眼角。

阳光充沛。水面上波光粼粼。

“您还在想银象呢?”男子问道。

二月的某个夜晚，银象从笼舍独自走到鸟岛的水波前，悄无声息，几乎连飞鸟都未惊动。那晚月色正好，没有云层遮蔽。它让自己庞大的身躯缓缓没入水中。

“是想，”长人的须发灰白杂乱，笑起来时，皱纹聚成鱼尾的形状，没人知道他的具体岁数，“顺带也想想自个儿。”

他们不再言语，只是望着清澈的水流。光芒晃人眼。不多时，长人睡着了。又过了一会儿，梦生起身，拍拍身上的土，离开了鸟岛。

就在刚刚，他拜访了将要新一轮巡演的韩秉谦，以及正在恢复的唐盼。照韩秉谦的说法，塔季扬娜的催眠术除了精神上的控制，还外加了迷香和药物的作用，所以才会如此彻底。因此，唐盼被戕害颇重，要想恢复，只能慢慢调理。

“麻烦您了。”梦生很是感激。

“这倒没什么，”韩秉谦叹道，“只是觉得荒谬。医治催眠的方式，却只能是施加另一种催眠术，让她相信自己是唐盼而非旁人。”

梦生默然。韩秉谦接着问道：“一郎还没消息吗?”

“没有。”梦生摇头。于一郎消失了，没有告别，也没留下任何书信。只是消失的前一天晚上，她忽然对他说：“还记得咱俩的约定？你欠我一个秘密。”

“想知道什么?”梦生笑着说，“一定不瞒你。”

于一郎望着梦生的眼睛。良久，她一言不发，转身离去，再未归来。

辞别韩秉谦，梦生来到河边，跳上一只苏州灯船。掀开帘子，双寒冰正坐在桌前，饭菜已然备好。

“让你久等了。”梦生一边说一边坐下。

双寒冰为梦生斟酒，问道：“今后如何打算？”

“不知。”梦生思索片刻，说道，“总之不想再做刺客。”

“金盆洗手？”双寒冰捂嘴，像是孩童般笑了一阵。梦生茫然，不知有何好笑。笑完，双寒冰又说：“我可能会去一个很远的地方，以后再想找我喝酒，难喽！”

“去哪儿？”

“法兰西。”双寒冰道。

对此，梦生毫无概念。愣了一会儿，他问道：“为何突然要去那边？最近京城风云突变，应该够你忙了。”

“是，昨天学生刚放火烧了赵家楼。不过我已从日下新闻辞职，不日就会离国。”双寒冰拿起一颗新鲜的杏子，放入口中。

“他们到底在做什么？”

双寒冰只是笑笑，凝视河水。

“你去法兰西，也与此有关？”

“只是想去看看那边究竟在发生什么，说不定有新灵感。”双寒冰望着河岸被微风吹动的嫩绿的柳枝，感慨道：“你可否想过，一百年后，这里，这座北京城，会变成什么样子？科学小说里有‘时光机器’一说，只可惜，我们是见不到了……”

梦生端起酒杯，道："一路顺风。"

双寒冰回过神来，"下次相见不知何年，还是趁今日一醉方休。"

走过护城河的石桥，抬眼便是高耸的阜成门箭楼。

进入瓮城，他抬起头，看到壁洞上雕刻着一枝梅花。"煤""梅"同音，据说由此入内的煤商募捐用汉白玉雕刻了这朵梅花。每回入城，梦生都会下意识地瞅一眼，方才安心。

瓮城内很是热闹，卖粉皮的、卖樱桃的，还有卖小葱、小白菜的，满满密密。阳光和煦，照得行人都懒洋洋的。梦生原本走得很急，但忽然想到自己并不赶事，就慢下来了，左顾右看地闲逛起来。

他挑了些樱桃，慢腾腾往城门走。就在这时，一个跛脚汉子从后面撞了他一下。梦生一个趔趄，还不等他说话，那跛脚汉子的利刃已然亮出。

"还记得我吗？"那人厉声问道。

樱桃散落一地，梦生却忽然没来由地笑了——至于因何发笑，就连他自己也是说不清、道不明。

全书完

2019.10.8